Ulli Schubert
wurde 1958 in Hamburg geboren. Nach der Schule und unterschiedlichen Jobs arbeitete er als Erzieher. Nebenbei schrieb er Kritiken zu Kinder- und Jugendbüchern und entdeckte dabei den Spaß an der Schriftstellerei. Fortan war er als Sportreporter für Zeitungen und den Rundfunk tätig. Seit 1992 schreibt er Kinder- und Jugendbücher.

Weitere Bücher von Ulli Schubert in Arena Verlag und Edition Bücherbär:
»Ein Fall für die Reporterkids: Die Schulhof-Erpresser«
»Ein Fall für die Reporterkids: Der Kaufhausdieb«
»Ein Fall für die Reporterkids: Der rätselhafte Unfall«
»Pokalfieber«
»Alles über Fußball«
»Superquiz für Fußballfans«
»Eine Klasse voller Monster«

Ein Fall für die Reporterkids

Feuer in der Schule!

Ulli Schubert

Mit Bildern von Dagmar Geisler

Arena

Diesem Buch liegt ein Exemplar
der Schülerzeitungs-Extra-Ausgabe »BLITZ« bei.
Sollte die Zeitung fehlen, bitte anfordern beim
Arena Verlag GmbH
Postfach 5169, 97001 Würzburg

In neuer Rechtschreibung

1. Auflage 1999

Einband und Innenillustrationen: Dagmar Geisler
Gesamtherstellung: Westermann Druck Zwickau GmbH
ISBN 3-401-04832-5

Erstes Kapitel

Endlich war für Stummel der Unterricht zu Ende. Erschöpft ließ er sich im Schülerzeitungsbüro auf einen Stuhl fallen. Es lohnte sich für ihn nicht nach Hause zu gehen: Nach der sechsten Stunde fand noch eine Sondersitzung der Zeitungsredaktion statt. Aufgeregt hatte Saskia sie heute Morgen kurzfristig einberufen. Wenn es stimmte, was sie angedeutet hatte, stand die Redaktion kurz vor einer Katastrophe!

Stummel schob einen kleinen Stapel Schülerzeitungen beiseite, stützte seine Ellenbogen auf den Tisch, vergrub den Kopf in den Händen und versuchte nachzudenken. Doch der Schock saß zu tief. Sosehr er auch grübelte, er bekam einfach keine Idee, wie das drohende Ende der Schülerzeitung verhindert werden konnte.

War es das nun? Hatten sie alle die vielen Wochen und Monate umsonst geschuftet?

Tief in Gedanken versunken, bemerkte er nicht, dass die Tür aufgestoßen wurde, ein Mädchen hereinplatzte und durch das Büro stolzierte. Erst als es einen dicken Packen Papier direkt vor seiner Nase auf den Tisch wuchtete, zuckte er erschrocken zusammen. Mit einem spitzen Schrei fuhr er hoch. Dabei stieß er mit der Hüfte so heftig gegen den Tisch, dass ein Glas umkippte. Zum Glück befand sich nur noch ein kleiner Rest Selters darin.

»Mist, verdammter!«, fluchte Stummel und tupfte mit dem Ärmel seines Sweatshirts die Wassertropfen auf. Plötzlich hörte er ein leises, rumpelndes Geräusch. Das Glas hatte sich selbstständig gemacht und rollte auf die Tischkante zu. Er sprang hoch und wollte um den Tisch hetzen, um es aufzuhalten. Doch leider kam ihm ein Tischbein in die Quere. Mit voller Wucht rannte er dagegen.
Das Tischbein knickte ein und brach ab. Der Tisch sackte zur Seite wie ein leckgeschlagenes Schiff. Langsam, wie von Geisterhand in Bewegung gesetzt, rutschten der Packen Papier und der Zeitungsstapel plötzlich die Schräge hinab. Das leere Glas überholte beide, plumpste auf den Teppich und wurde von den zu Boden flatternden Zeitungen und Zetteln begraben.
Auch Stummel fand sich auf dem harten Fußboden wieder. Er hatte zu viel Schwung drauf, kam aus dem Gleichgewicht, stolperte vorwärts, stürzte, überschlug sich – und landete mit einem Fuß genau im Papierkorb.
Wütend schleuderte er ihn von sich. Der Korb flog quer durch den Raum, prallte dumpf an die Wand und fiel wie ein perfekt mit der Brust gestoppter Fußball gerade nach unten, während sein Inhalt durch die Luft segelte und sich gleichmäßig im gesamten Büro verteilte.
Regungslos beobachtete Stummel einen ausgerissenen und danach weggeworfenen Zeitungsartikel, der leicht schaukelnd wie Herbstlaub zu Boden schwebte. Warum, dachte er, passiert so etwas eigentlich immer nur mir?!
Das Mädchen stand an den Türrahmen gelehnt, hielt die

Arme vor der Brust verschränkt und verzog die Mundwinkel. »Nicht schlecht«, sagte es spöttisch. »Trittst du damit auch auf?«

»Blöde Ziege«, murmelte Stummel und rieb sein Bein.

»Blöd ist hier ja wohl nur einer«, sagte das Mädchen schnippisch. »Und ich habe dieses Chaos nicht angerichtet!«

»Natürlich bist du schuld!«, rief Stummel empört und

wollte eine Schimpfkanonade auf das Mädchen loslassen. Gerade noch rechtzeitig bemerkte er, dass er sich dafür in einer ungünstigen Position befand.
Er quälte sich mühsam hoch und stöhnte vorsichtshalber, als er das lädierte Bein belastete. Überrascht stellte er fest, dass es kaum weh tat. Nur die Stelle, mit der er das Tischbein getroffen hatte, brannte ein wenig. Er wollte das Hosenbein hochkrempeln und nachsehen, doch er beherrschte sich. Seine Situation war sowieso schon nicht besonders günstig. Stummel war nicht sehr groß; selbst jetzt, als er stand, überragte ihn das Mädchen noch um mindestens fünfzehn Zentimeter. Ein hochgerolltes Hosenbein hätte bestimmt nicht sehr viel Eindruck gemacht.
»Ich soll schuld sein?«, fragte das Mädchen, das keine Anstalten gemacht hatte ihm auf die Beine zu helfen.
»Ja, klar, wer denn sonst?! Wenn du nicht ohne anzuklopfen hereingeplatzt wärst und mich erschreckt hättest . . .«
»Nun mach mal halblang, Kleiner«, unterbrach ihn das Mädchen. »Das hier ist doch das Büro der Schülerzeitung, oder nicht? Ich dachte, ich hätte es mit ausgeschlafenen Reportern zu tun. Aber offenbar habe ich mich getäuscht.«
Stummel schnappte nach Luft. Er konnte es nicht leiden, »Kleiner« genannt zu werden. Noch schlimmer aber war, dass das Mädchen angedeutet hatte, er sei kein guter Reporter. Zwei tödliche Beleidigungen auf einmal – das war zu viel! Er beschloss, das Mädchen nicht zu mögen.
Andererseits fühlte sich Stummel bei seiner Ehre gepackt.

Deshalb nahm er sich zugleich vor, sich nichts anmerken zu lassen. So freundlich er konnte fragte er: »Was hast du hier überhaupt zu suchen . . . das heißt . . . ich meine . . . – kann ich etwas für dich tun?«
»Du?« Das Mädchen sah ihn zweifelnd an und lachte.
»Ja, ich«, sagte Stummel entschlossen. »Also sag schon, was du willst. Ansonsten habe ich zu tun.« Ohne eine Antwort abzuwarten, begann er das Büro aufzuräumen. Zuerst hob er den Tisch an und keilte das abgebrochene Bein unter die Platte.
»Das hält doch nie«, meinte das Mädchen.
Stummel ließ sich nicht beirren. »Natürlich hält das«, sagte er. »Nicht in alle Ewigkeit, aber fürs Erste reicht's.« Bedächtig holte er den Papierkorb aus der Ecke und begann, das auf dem Boden liegende Papier hineinzustopfen.
»Halt! Das nicht!«, rief das Mädchen, als er die Zettel aufhob, die es mitgebracht hatte. Es löste sich von dem Türpfosten, eilte durch das Büro und riss den Papierstapel an sich. »Das sind meine Werbebeilagen.«
»Deine . . . *was*?!«, fragte Stummel. Er stellte den Papierkorb auf dem Tisch ab und registrierte befriedigt, dass der zwar leicht wackelte, aber stehen blieb.
»Ich bin Alexandra«, stellte das Mädchen sich vor. »Alexandra Kruse, aus der 10 a. Ich kandidiere bei der Schulsprecherwahl im nächsten Monat.«
»Ah ja«, sagte Stummel und dachte: Meine Stimme bekommst du ganz bestimmt nicht. Doch dann besann er sich wieder auf seine Rolle als Mitarbeiter der Schülerzei-

tung. »Und was hat das mit den Zetteln zu tun?«, fragte er geschäftig.

»Das ist mein Wahlprogramm«, erklärte Alexandra. »Ich will, dass ihr es in eurer nächsten Ausgabe beilegt.«

»Was willst du?«, fragte Stummel verständnislos.

»Der nächste ›Blitz‹ kommt doch noch vor der Schulsprecherwahl raus, oder?«, vergewisserte sich Alexandra.

Stummel sah mit ausdruckslosen Augen an dem Mädchen vorbei. Wenn ich das wüsste, dachte er seufzend.

Die Zeitung der Michael-Ende-Schule existierte erst seit ein paar Monaten. Von regelmäßigem Erscheinen konnte bisher keine Rede sein. Und wann die nächste Ausgabe rauskommen sollte, war völlig unklar – wenn es überhaupt eine Möglichkeit gab, die Schülerzeitung noch zu retten!

Vor kurzem hatten die fünf Mitglieder der »Blitz«-Redaktion nämlich beschlossen, die Schülerzeitung größer, besser und schöner zu machen. Die Neugestaltung der Seiten hatte die Reporter viel Arbeit gekostet. Tagelang hatten sie bis spät in den Abend geschuftet, bis vor drei Tagen endlich der erste neue »Blitz« erschienen war.

Die Mühe schien sich gelohnt zu haben. Für das gleiche Geld gab es jetzt mehr Zeitung: Doppelt so viele Seiten, die auch noch viel besser aussahen als vorher. Bis auf wenige Exemplare war die gesamte Auflage bereits verkauft. Und die meisten Leser äußerten sich begeistert.

Doch an diesem Morgen hatte Saskia Alarm geschlagen. Der größere Umfang bedeutete nicht nur mehr Arbeit – das Drucken der Zeitung war auch teurer geworden. Sehr

viel teurer! Die Kasse war fast leer, die Einnahmen aus dem Verkauf deckten nicht mehr die Kosten.
»Was ist?«, fragte Alexandra nach. »Kommt der nächste ›Blitz‹ noch vor der Wahl?«
Stummel schreckte aus seinen Gedanken hoch. »Ja«, stotterte er und fügte leise hinzu: »Hoffentlich.«
»Nun gut«, sagte Alexandra. »Im Impressum steht, dass die Zeitung in einer Auflage von dreihundert Stück erscheint. Das hier« – sie hielt den Packen Papier hoch – »sind genau dreihundert Werbezettel mit meinem Wahlprogramm. Die sollen der nächsten Ausgabe der Schülerzeitung beigelegt werden. Aber nur, wenn sie vor der Wahl erscheint. Alles klar?«
Stummel lächelte unsicher. »Aber . . .«
»Ja, ich weiß, das ist nicht kostenlos«, unterbrach das Mädchen. Es nestelte in der Tasche der Jeans und zog einen zerknüllten Geldschein heraus. »Ich habe fünfzig Mark dabei. Das reicht doch bestimmt, oder?«
Stummel war nicht in der Lage zu antworten. Er hatte noch nicht einmal begriffen, was das Mädchen überhaupt von ihm wollte. Trotzdem nickte er.
»Ganz schön heftiger Preis«, meinte Alexandra und forderte: »Für so viel Geld müsst ihr die Beilagen aber selbst in die Zeitungen einlegen.« Sie packte den Papierstapel auf den Tisch und drückte Stummel das Geld in die Hand.
»Bist du mit den Bedingungen einverstanden?«, fragte sie und hielt ihm zwei Zettel entgegen, die mit »Vertrag« überschrieben waren. »Dann unterschreibe hier.«

Stummel betrachtete erstaunt den Geldschein. Und plötzlich begannen seine Augen zu leuchten.
»Was ist?«, drängte das Mädchen. »Darfst du nicht unterschreiben?«
»Doch, natürlich!«, rief Stummel, obwohl er sich darüber überhaupt keine Gedanken gemacht hatte. Er sah nur die fünfzig Mark in seiner Hand und damit die Chance, den »Blitz« zu retten! »Wo soll ich unterschreiben? Hier?«
Das Mädchen nickte. »Ja, bei beiden Exemplaren.«
Stummel zückte einen Schreiber und setzte seinen Namen jeweils auf die gestrichelte Linie.
»Danke.« Alexandra zupfte ihm einen der beiden Verträge aus den Händen und eilte zur Tür. »Übrigens – ich glaube nicht, dass der Tisch noch lange hält«, sagte sie und verschwand lachend aus dem Büro.
Stummel drehte sich um. Mit einem Blick erkannte er die Bescherung. Das Mädchen hatte den Papierstapel auf die äußerste Kante genau über dem abgebrochenen Bein gelegt. Der Tisch hielt dem Gewicht nicht stand und hatte bereits eine bedrohliche Schieflage eingenommen.
»Miststück!«, schimpfte Stummel, sprang vor und riss den Packen Papier hoch. Im selben Augenblick brach der Tisch krachend zusammen. Der Papierkorb kullerte durch das Büro und hinterließ eine deutliche Spur auf dem Teppich.
Stummel ließ seinen Blick durch das Büro wandern. Der kleine Raum sah schon wieder aus wie ein Saustall. Und der Tisch schien endgültig hinüber zu sein.

»Oje«, stöhnte Stummel leise. Wie sollte er das nur den anderen erklären?!
Ach, was soll's, dachte er schließlich, legte Alexandras Werbebeilagen auf dem Schreibtisch ab und betrachtete den Geldschein.
Werbung. Das war doch die Lösung! Der »Blitz« war gerettet. Diese Nachricht würde das Chaos im Büro bestimmt mehr als ausgleichen.
Die anderen werden Augen machen!, dachte Stummel stolz, ließ sich zufrieden in den Sessel unter dem Fenster fallen und wartete auf das Ende der 6. Stunde.

Zweites Kapitel

Endlich läutete es. Mit dem allerersten Ton der Schulglocke sprang Nana auf, schnappte sich ihre Tasche und eilte durch das Klassenzimmer.
»Ich wünschte, du wärst im Unterricht auch so aktiv«, sagte Mrs Hartwig spitz.
»Tut mir Leid, ich habe es eilig!«, rief Nana als Entschuldigung und riss die Tür auf.
»Stopp!«, bremste sie die Stimme der Englischlehrerin.
Für einen winzigen Moment verharrte Nana und überlegte, ob sie so tun sollte, als hätte sie den Ruf überhört. Doch dadurch war es natürlich schon zu spät. Ergeben drehte sie sich um.
»Meine Kritik galt nicht deiner Schnelligkeit, sondern deiner heutigen Leistung im Unterricht«, erklärte Mrs. Hartwig mit einem undurchschaubaren Lächeln. »Hast du dazu vielleicht auch etwas zu sagen?«
»Uff«, stöhnte Nana leise und rollte die Augen.
Saskias Katastrophennachricht hatte bei ihr wie eine Bombe eingeschlagen. Es durfte nicht sein, dass sie pleite waren. Nana spürte erst jetzt, wie wichtig ihr die Schülerzeitung geworden war. Der »Blitz« musste weiter existieren! Den ganzen Vormittag hatte sie sich Gedanken über eine Lösung gemacht. Logisch, dass sie nicht gleichzeitig im

Unterricht aufpassen konnte. Aber ob die Lehrerin das verstand?

»Na, was ist? Ich warte auf eine Antwort«, sagte Mrs. Hartwig ungeduldig. »Hat der Sänger deiner Lieblingsgruppe die Windpocken oder welche weltbewegenden Gründe haben dich sonst abgelenkt?«

Nana konnte kaum glauben, was sie eben gehört hatte. Offenbar hielt die Lehrerin sie für ein Kleinkind. So eine Unverschämtheit! Sie schluckte die passende Antwort, die ihr schon auf der Zunge lag, hinunter. Bloß keinen Streit provozieren, dachte sie, das kostet noch mehr Zeit.

»Wir haben Probleme mit der Schülerzeitung«, antwortete sie unbestimmt. »Darüber habe ich nachgedacht.«

»Es gibt eine Schülerzeitung?«, fragte die Lehrerin erstaunt nach. Sie war erst vor wenigen Tagen als Nachfolgerin für die alte Mrs Behring, die endlich die lang ersehnte Pension genoss, an die Michael-Ende-Schule gekommen und kannte sich noch nicht aus.

Nana nickte.

»Und du arbeitest dort mit? Wie erfreulich!«, sagte Mrs Hartwig. »Welcher Lehrer betreut das Projekt?«

»Was für ein Projekt?«

»Na, die Schülerzeitung!«, rief die Englischlehrerin.

In Nanas Ohren klang es so, als hätte die Lehrerin in Gedanken ein »Du Dummerchen« drangehängt. Ihre Lust zu antworten sank auf den Nullpunkt. »Keiner«, quetschte sie zwischen den fest geschlossenen Zahnreihen hindurch.

»Keiner?«, wiederholte die Lehrerin überrascht. Plötzlich

wurde sie überfreundlich. »Vielleicht interessiert dich, dass ich in meiner vorigen Schule nicht nur Vertrauenslehrerin war, sondern auch das Schülerzeitungsprojekt geleitet habe?«

Nein, eigentlich nicht, dachte Nana. Ihr schwante Übles. Doch dann erinnerte sie sich an ihre Noten, zeigte ein höfliches Lächeln und schaffte es sogar, ein Interesse vortäuschendes »Ach ja?« hören zu lassen.

»Ja, und es hat mir viel Freude bereitet«, bestätigte Mrs Hartwig viel sagend. »Bring mir doch mal eine eurer Zeitungen mit. Ich würde sie mir gern einmal ansehen.«

»Mach ich«, versprach Nana widerwillig. »Ist sonst noch etwas?«

»Nein, das war alles«, sagte die Lehrerin. Warnend hob sie den Zeigefinger. »Aber tu dir selbst einen Gefallen und denke einmal über meine Worte nach: So löblich dein Engagement für die Schülerzeitung auch ist, es sollte sich nicht negativ auf deine schulischen Leistungen auswirken.«

Nana wusste nicht, was sie darauf entgegnen sollte. Schließlich begriff sie, dass sie entlassen war, und verließ eilig den Klassenraum. Die Gänge und Treppen waren mittlerweile überfüllt. »Platz da!«, rief sie und bahnte sich rigoros ihren Weg nach unten.

»Das ist vielleicht eine Kuh! Ihr werdet es nicht glauben!«, rief sie, als sie im Erdgeschoss angekommen war und die Tür zum Schülerzeitungsbüro aufstieß. Doch zunächst war sie es, die mit offenem Mund in der Tür stehen blieb

und sich ungläubig umsah. »Was ist denn hier passiert?!«, fragte sie atemlos.
Das Büro sah aus wie nach einem Wirbelsturm. Der Tisch war umgekippt, das abgebrochene Bein lag auf dem Boden, Papierfetzen zierten den Teppich ... – aber Stummel, Torben, Nevin und Saskia standen fröhlich lachend beieinander, jeder mit einem Glas Cola in der Hand. Waren die durchgeknallt? Und was hatte das Chaos im Büro zu bedeuten?
Nana bekam einen Schreck. Feierten die etwa die Abschiedsparty? Mussten sie heute schon aus dem Büro ausziehen?
»Mensch, da bist du ja endlich!«, rief Torben und schenkte ihr ein Glas Cola ein. »Wir haben schon auf dich gewartet.«
»Was feiern wir?«, fragte Nana argwöhnisch. »Das Ende unserer Zeitung?«
»Ganz im Gegenteil«, lachte Saskia. »Die Rettung! Stummel hat die Lösung für unser Problem gefunden.«
»Echt?!«, rief Nana überrascht. »Los, erzähl!«
Stummel genoss es, im Mittelpunkt zu stehen. Er lehnte sich zurück, ließ seinen Blick durch die Runde schweifen und sah schließlich Nana an.
»Die Lösung heißt: Werbung!« Stummel sprach das Zauberwort mit bedeutungsvoller Stimme aus. »Wir werden Anzeigen im ›Blitz‹ veröffentlichen. Gegen Bezahlung, natürlich.«
»Ist das nicht eine super Idee?!«, rief Torben. »Dass wir da

nicht eher drauf gekommen sind! In jeder Zeitung stehen doch Anzeigen.«

»Werbung? In unserem ›Blitz‹?«, fragte Nana nachdenklich. Ein merkwürdiges, unangenehmes Gefühl machte sich in ihr breit. Sie konnte die Begeisterung der anderen nicht teilen. Vielleicht, weil sie immer noch von der aufdringlichen neuen Englischlehrerin genervt war?

Stummel bemerkte Nanas Zögern nicht. »Den ersten Auftrag haben wir schon!«, triumphierte er. In aller Ausführlichkeit berichtete er von Alexandra, die ihr Wahlprogramm für die Schulsprecherwahl der nächsten Ausgabe der Schülerzeitung beilegen lassen wollte – und wie er dadurch auf die rettende Idee gekommen war.

Beifall heischend sah er sich um. Saskia, Nevin und Torben reagierten prompt. Sie prosteten sich zu und strahlten mit Stummel um die Wette.

»Und was ist mit dem Tisch passiert?«, fragte Nana. »Habt ihr vor lauter Freude das Büro zerlegt?«

Stummel räusperte sich verlegen. Diesen Teil der Begegnung mit Alexandra hatte er weggelassen. Wenige Minuten zuvor hatte er den drei anderen alles schon erzählt. Auch, wie der Tisch zu Bruch gegangen war. Saskia, Nevin und Torben hatten sich köstlich darüber amüsiert. Das wollte Stummel sich diesmal ersparen.

»Er ist halt kaputt gegangen, irgendwie«, sagte er lapidar. »Ist doch nicht so wichtig. Wir werden in Zukunft viel Geld verdienen. Dann können wir glatt zwei Tische kaufen!«

»Was sollen wir denn mit zwei Tischen?«, fragte Nana verständnislos. »Die passen doch gar nicht in unser kleines Büro.«
»Mensch, das war ein Scherz«, sagte Saskia. Sie sah Nana, die so wenig begeistert schien, erstaunt an. »Was ist denn los mit dir? Du freust dich ja gar nicht.«
»Doch, klar«, antwortete Nana. »Nur . . . seid ihr sicher, dass das mit der Anzeige klappt? Diese Alexandra kann doch alles Mögliche behaupten.«
»Und wie sicher wir sind!«, rief Stummel. »Sie hat sogar schon bezahlt!« Er hielt den 50-Mark-Schein hoch. »Das ist unser erster Anzeigenerlös. Und falls du es immer noch nicht glaubst, kann ich dir auch noch den Vertrag zeigen.«
»Du hast einen Vertrag mit ihr gemacht?«, fragte Nana überrascht. Das unangenehme Gefühl in ihr wuchs. Sie wusste noch nicht, warum; doch aus irgendeinem Grund gefiel ihr die ganze Geschichte nicht.
»Ja.« Stummel suchte das Schreiben in dem Durcheinander auf dem Fußboden – und fand es schließlich zusammengefaltet in seiner Hosentasche.
Nana nahm den Vertrag und zog sich an den Schreibtisch zurück, während die anderen weiter lauthals feierten. Sie überflog die wenigen Zeilen, stockte, blickte Stummel fragend an und begann von vorne zu lesen. Ganz langsam und sehr genau.
»Na, na, wenn das man gut geht«, murmelte sie ihren Lieblingsspruch, der ihr auch den Spitznamen eingebracht hatte, als sie den Zettel sinken ließ.

Torben wurde aufmerksam. »Was ist los?«, fragte er. »Ist etwas nicht in Ordnung?«
Nana sah Stummel fassungslos an. »Wie konntest du das unterschreiben?«, fragte sie kopfschüttelnd. »Das ist kein Vertrag, das ist . . .« – sie fuchtelte mit den Händen in der Luft und suchte nach dem passenden Wort – ». . . das ist Klopapier! Gerade gut genug, um sich den Hintern damit abzuwischen!«
Die anderen drei fanden den Vergleich saukomisch und lachten sich schlapp. Bis Torben als Erster den Ernst der Situation begriff. Von einer Sekunde auf die andere wurde er still. »Moment mal«, sagte er nachdenklich. »Wenn mit dem Vertrag etwas nicht in Ordnung ist, dann . . .«
». . . dann bedeutet das, dass der ›Blitz‹ doch nicht gerettet ist!«, beendete Nevin den Satz. Entsetzt starrte sie Stummel an. »Los, sag schon: Was ist faul an dem Vertrag!«
»Nichts! Es ist alles in Ordnung«, sagte Stummel beruhigend und lehnte sich entspannt im Sessel zurück. »Nana ist nur neidisch, dass ich die Lösung für unser Problem gefunden habe und nicht sie!«
»Ich und neidisch? Sag mal, spinnst du?!« Nana rutschte vom Schreibtisch und ging drohend auf Stummel zu, der im Sessel immer kleiner wurde. Sie baute sich vor ihm auf, klemmte seine Beine mit ihren ein und stützte sich mit den Händen über seinem Kopf an der Rückenlehne ab. »Du hast Mist gebaut, du Idiot!«, zischte sie ihm ins Gesicht.
Die anderen starrten sie überrascht an.

»Was soll denn der Blödsinn?!« Saskia eilte zu den beiden rüber und zog Nana von Stummel weg. »Komm, setz dich hin und entspann dich. Erzähl erst einmal, was überhaupt los ist.«
»Hinsetzen – wo denn?« Nana sah sich aufgebracht im Büro um. »Wir haben ja noch nicht einmal mehr einen Tisch, an den wir uns setzen können. Weil der immer alles kaputtmacht!« Sie zeigte mit dem Daumen hinter sich auf Stummel. »Und dann muss man sich auch noch seine dummen Sprüche anhören.«
»Jetzt hör auf, Stummel anzumachen. Komm lieber zur Sache«, forderte Torben sie auf. »Also: Was stimmt mit dem Vertrag nicht?«
»Lies doch selbst«, pflaumte Nana ihn an, drückte ihm den Zettel in die Hand, rauschte quer durch das Büro zurück zum Schreibtisch und ließ sich in den Stuhl fallen. Sie verschränkte ihre Arme, schüttelte den Kopf und starrte Stummel verächtlich schnaubend an.
Torben überflog die Zeilen, ließ den Vertrag langsam sinken und blickte schweigend zu Stummel. Fragend, ungläubig, ratlos.
»Kannst du dir vorstellen, dass ich auf diesen Bockmist neidisch sein könnte?!«, rief Nana wütend.
Stummel wurde mulmig zu Mute. Er stand auf, zog Torben den Vertrag aus den Händen, las ihn – und wurde blass. Schlagartig wurde ihm klar, dass er einen riesigen Fehler begangen hatte.
Nana hat Recht, dachte er, ich bin ein Idiot. Ich hätte den

Vertrag in Ruhe durchlesen müssen. Nie und nimmer hätte ich ihn unterschreiben dürfen!
Die kalte Wut stieg in ihm hoch. Er konnte es einfach nicht glauben. Immer wieder flogen seine Augen über den Vertragstext und mit jedem Wort, das er las, wurde die Wut auf sich selbst größer.
»Könnten Nevin und ich vielleicht auch endlich erfahren, was so Schreckliches in dem Vertrag steht?«, forderte Saskia mit ungeduldiger Stimme.
Stummel war nicht im Stande, ein einziges vernünftiges Wort von sich zu geben. Er schlich zurück zum Sessel unter dem Fenster und ließ sich wie betäubt hineinsinken. Dumpf, wie aus weiter Ferne, klang Nanas Stimme an seine Ohren, als sie die Bedingungen zusammenfasste, von denen Alexandra ihm gegenüber nichts erwähnt hatte.
Die Redaktion verpflichtete sich, in der kommenden Ausgabe Alexandras Wahlprogramm beizulegen. Der Preis für die Werbebeilage betrug fünfzig Mark. Das waren die Punkte, von denen Stummel wusste. Doch darüber hinaus hatte sich Alexandra vertraglich zusichern lassen, dass in der gleichen Ausgabe keine Anzeigen ihrer Gegenkandidaten erscheinen durften – und dass ihr Wahlprogramm zusätzlich in einem Artikel auf der Titelseite vorgestellt werden sollte.
In dem kleinen Büro herrschte Totenstille. Jeder der fünf Schülerzeitungsreporter war in tiefe Gedanken versunken.
»Ein Knebelvertrag«, stellte Saskia fest und durchbrach als Erste das Schweigen. »Ist so etwas überhaupt erlaubt?«

»So eine Schweinerei? Das kann ich mir nicht vorstellen«, machte Nevin ihrer Verärgerung Luft. »Und die will Schulsprecherin werden? Meine Stimme bekommt die nicht!«
»Meine auch nicht«, pflichtete Torben ihr bei. »Aber wichtiger ist im Moment, dass wir überlegen, was wir jetzt machen.«
»Ich bin dagegen, dass wir den Artikel schreiben«, sagte Saskia entschieden. »Das kann die von uns nicht verlangen! Was wir schreiben, ist schließlich unsere Sache.«
»Stimmt«, bestätigte Torben. »Aber immerhin haben wir einen Vertrag unterschrieben.«
»Nicht wir – das war Stummel«, stellte Nana mit kalter Stimme richtig.
Stummel senkte den Blick. Er starrte auf seine Fingernägel und kaute auf der Unterlippe. »Es tut mir Leid«, sagte er leise. »Ich hatte nur daran gedacht, dass wir pleite sind und vielleicht keine Zeitung mehr machen können. Und dann kommt diese Alexandra ins Büro und drückt mir fünfzig Mark in die Hand. Was hättet ihr denn an meiner Stelle getan?«
»Ich glaube, ich hätte auch unterschrieben«, gab Nevin zu.
»Hättest du nicht«, widersprach Nana. »Niemand hätte das getan – außer Stummel.«
»Nana, es reicht«, fand Saskia. »Stummel hat sich gerade entschuldigt. Er hat doch eingesehen, dass er Mist gebaut hat.«
»Hat er nicht«, sagte Nana im Brustton der Überzeugung.

»Was redest du da?«, fragte Torben böse. »Wir haben es doch gerade eben alle gehört.«
»Das ist nicht der Punkt.« Nana ließ sich nicht beirren. Plötzlich wusste sie, warum ihr die Geschichte von Anfang an nicht gefallen hatte.
»Wisst ihr, was ich bei der ganze Sache am schlimmsten finde?«, fragte sie, ohne eine Antwort zu erwarten. »Nicht die Bedingungen, die Alexandra uns gestellt hat. Okay, die sind übel. Aber wir werden eine Lösung finden oder sie erfüllen.«
»Uns bleibt ja nichts anderes übrig«, stellte Torben resigniert fest.
Nana sah die anderen Reporter der Reihe nach an. An Stummel blieb ihr Blick kleben. »Viel schlimmer finde ich«, sagte sie ihm direkt ins Gesicht, »dass du einfach im Namen von uns allen etwas unterschreibst. Ohne uns zu fragen! Das würde kein anderer machen. Nevin nicht, Saskia nicht, Torben nicht und ich auch nicht. Nur du. Echt, manchmal glaube ich, dass du überhaupt nicht nachdenkst.«
Stummel fühlte sich mies. So ähnlich muss es einem Angeklagten vor Gericht ergehen, dachte er. Sein Blick wanderte unruhig durch das Büro und fiel auf das Plakat über dem Schreibtisch. ›Einer für alle, alle für einen!‹ stand da drauf. Der Eid der berühmten Musketiere, mit dem sich auch die Schülerzeitungsreporter ewige Treue versprochen hatten. »Aber ich habe doch nachgedacht«, erwiderte er schwach.

Nana folgte seinem Blick. »Ach ja?«, schnaubte sie. »Glaubst du etwa, der Spruch bedeutet, dass *einer* für *alle* unterschreiben darf?! – Echt, Stummel, manchmal bist du so blöd wie ein Stück Brot.«
»Was soll das denn?!«, brauste Stummel auf. »Willst du, dass ich aufhöre oder was?«
»He, Nana, jetzt beruhige dich«, mischte Nevin sich ein. »Du hast Recht: Das war nicht in Ordnung, was Stummel gemacht hat. Aber es bringt überhaupt nichts, jetzt noch weiter auf ihm rumzuhacken.«
Ihre Worte zeigten Wirkung. Stummel lächelte sie dankbar an. Und Nana klappte prompt ihren Mund zu. Sie zeigte deutlich, dass ihr Ärger noch lange nicht verraucht war, aber sie sagte vorerst nichts mehr. Niemand sagte etwas. Wieder hingen alle ihren Gedanken nach.
»Und was machen wir jetzt?«, fragte Torben nach einer Weile.
»Nachdenken«, schlug Saskia vor. »Irgendwie müssen wir doch aus diesem blöden Vertrag rauskommen.«
»Und ich will, dass wir über Werbung reden«, meldete sich Nevin zu Wort. »Ich weiß nicht mehr, ob ich es gut finde, Anzeigen im ›Blitz‹ zu veröffentlichen.«
»Na gut«, beschloss Torben, »dann machen wir jetzt erst einmal eine Pause und reden dann über . . .«
»He, seid mal leise«, unterbrach ihn Stummel. Angestrengt lauschte er. »Hört ihr das auch? Da ruft doch jemand!«
Nana legte ihren Kopf schief. »Ja, tatsächlich.«

Wenige Augenblicke später hörten es alle. »Feuer!«, schrie jemand aus Leibeskräften. »Hilfe, es brennt!«
Torben reagierte als Erster. Neugierig stürzte er ans Fenster und sah einen Jungen, der laut schreiend über den Schulhof lief, direkt zum Büro des Hausmeisters.
Torben hastete zurück zum Schreibtisch, schnappte sich seinen Notizblock und einen Kugelschreiber und angelte den Fotoapparat aus der Schublade. »Der ist aus der Raucherecke gekommen«, verkündete er, drückte Nevin im Vorbeigehen die Kamera in die Hand und riss die Tür auf. »Das müssen wir uns ansehen. Los, kommt mit!«

Drittes Kapitel

Die Schülerzeitungsreporter liefen so schnell sie konnten über den Schulhof, bogen um die letzte Ecke des hintersten Gebäudes – und prallten zurück. In der Raucherecke brannte es tatsächlich. Ein kleiner, mitten auf dem Rasen stehender Strauch stand in Flammen. Fasziniert starrten alle fünf in das Feuer, auch wenn es nicht besonders groß war und nicht sehr gefährlich zu sein schien.

Nevin wandte sich als Erste ab und eilte zu der dichten Hecke, die das Schulgelände begrenzte. Sie kehrte mit einem abgebrochenen Ast zurück, der wie ein Palmwedel aussah; an den Spitzen der vielen kleinen Zweige hingen grüne, fast noch frische Blätter.

Nana sah sie vorwurfsvoll an.

»Der war schon abgebrochen«, verteidigte sich Nevin, bevor Nana auch nur ein Wort sagen konnte, und ging mit dem hoch erhobenen Ast auf das Feuer zu.

»Halt, Nevin, nicht!«, rief Torben entsetzt. Er packte sie am Arm und zog sie zurück. »Was hast du vor?«

»Ich will das Feuer löschen, bevor es größer wird«, antwortete Nevin.

»Spinnst du?!«, fuhr er sie an.

»Das ist doch nicht gefährlich«, lachte Nevin. »Zwei, drei Schläge und das Feuer ist aus.«

»Ja, toll. Und was willst du dann fotografieren?«, fragte Torben böse.
»Du meinst . . .« Nevin sah ihn erstaunt an. Sie mochte Torben. Er war mit Leib und Seele Schülerzeitungsreporter und hatte eine Nase für gute Storys. Aber manchmal war er ihr einfach unheimlich. So wie in diesem Moment. »Ich soll das Feuer nicht löschen, sondern fotografieren?«
»Ja, natürlich!«, antwortete Torben, als sei es das Selbstverständlichste von der Welt. »Schließlich bist du Fotoreporterin und kein Feuerwehrmann.«
»Feuerwehrfrau«, verbesserte Nevin schwach. Flüchtig sah sie zu den drei anderen hinüber, doch die waren genauso sprachlos. Auch sie wussten nicht, ob sie Torben bewundern oder über die Kälte, die er gerade ausstrahlte, entsetzt sein sollten.
»Na gut«, sagte Nevin achselzuckend, »wenn du meinst.« Sie legte den Ast zur Seite und begann Fotos zu schießen.
»Geh näher ran«, schlug Torben fachmännisch vor, »dann wirkt das Feuer größer.«
Ohne Überzeugung tat Nevin, was Torben ihr gesagt hatte. Sie ging so dicht wie möglich an das brennende Gestrüpp heran und legte sich sogar auf den Boden, um das Feuer aus der Froschperspektive zu fotografieren. Sechs, acht, zehn Fotos schoss sie und mit jedem Bild machte das Fotografieren mehr Spaß. Auf einmal konnte sie Torben verstehen. Sollten doch andere das Feuer löschen – die

Schülerzeitungsreporter waren dafür da, um darüber zu berichten, dass es an der Schule gebrannt hatte. Und Nevin wollte die Bilder dazu liefern. Gute Bilder!
Plötzlich drehte der leichte Wind! Dichter, beißender Qualm wehte ihr entgegen. Hustend rappelte sie sich auf und folgte den anderen, die sich hinter der Hausecke in Sicherheit gebracht hatten.

»Was macht ihr denn da?!«, ertönte plötzlich eine aufgebrachte Stimme hinter ihnen.
Die fünf Reporter drehten sich um. Der Hausmeister eilte in einem erstaunlichen Tempo über den Schulhof. In der linken Hand trug er einen Feuerlöscher und unter seinem Kinn baumelte eine Atemschutzmaske. Er sah aus, als wollte er einen Großbrand löschen.
»Wir . . .«, begann Torben zu erklären, doch er kam ins Stocken und starrte stumm den Hausmeister an.
»Guck nicht so«, schimpfte Herr Brandt. »Vorschrift ist eben Vorschrift.« Er zog die Maske vors Gesicht und schob Stummel, der ihm im Weg stand, zur Seite. »Mach mal Platz«, brummte er dumpf unter der Maske.
»Wuff!« Stummel ging leicht in die Hocke, riss die Unterarme an die Brust und ließ die Hände kraftlos fallen. Dann legte er seinen Kopf schief, blickte Herrn Brandt treuherzig wie ein Dackel an und begann mit weit heraushängender Zunge zu hecheln.
»Was soll der Blödsinn?«, herrschte der Hausmeister ihn an.
»Er hat ›Platz‹ gemacht, genau wie Sie befohlen haben«, prustete Nana los.
Herr Brandt stutzte. Endlich kapierte er. Kopfschüttelnd setzte er sich in Bewegung. »Diese Kinder«, hörten die Reporter ihn leise schimpfen, »veralbern einen, selbst wenn man daneben steht.«
Die »Kinder« kicherten hinter seinem Rücken; allerdings leise, um ihn nicht noch mehr zu verärgern.

Nana zwinkerte Stummel zu. Er war zwar manchmal ein Chaot, aber dafür war er auch für jeden Blödsinn zu haben. Sie konnte ihm nie lange böse sein.
Stummel zögerte.
»Tut mir Leid, ich war vorhin einfach schlecht drauf«, entschuldigte sich Nana. Freundlich lächelnd hob sie eine Hand. »Sind wir wieder Freunde?«
Stummel gab sich einen Ruck. »Sind wir doch immer gewesen«, murmelte er und klatschte sie ab.
Nana packte zu und hielt seine Hand fest. »Einer für alle . . .«, flüsterte sie.
». . . und alle für einen«, ergänzte Stummel.
Torben, Saskia und Nevin hatten die beiden gespannt beobachtet. »Ein Glück«, atmete Saskia erleichtert auf, »die haben sich wieder eingekriegt.«
»Gut, dann können wir uns ja wieder an die Arbeit machen.« Torben deutete auf Herrn Brandt, der unmittelbar vor dem brennenden Strauch stand und an der Sicherung des Feuerlöschers rumfummelte.
»Mach ein paar Fotos von den Löscharbeiten«, forderte er Nevin auf, während er seinen Notizblock zückte. Er hatte gelernt seine Beobachtungen sofort aufzuschreiben. Dadurch wirkten die Artikel, die später daraus entstanden, lebendiger.
Torben tippte Stummel an. »Was hältst du von dieser Überschrift?«, fragte er ihn: »Brand(t)meister bei der Arbeit!«
»Die ist klasse«, meinte Saskia und fragte sich, wie Torben

es immer wieder schaffte, scheinbar mühelos solche doppeldeutigen Ideen aus dem Ärmel zu schütteln.
»Ich weiß nicht«, kommentierte Stummel, »er arbeitet doch noch gar nicht.«
Doch im selben Moment hatte Herr Brandt es endlich geschafft, den Sicherungsstift zu entfernen. Er richtete den Löschschlauch nach unten, in die Glut des Feuers, und drückte entschlossen den Hebel. Weißer Schaum schoss aus dem Feuerlöscher und erstickte die Flammen in Sekundenschnelle.
Die fünf Reporter klatschten Beifall. Doch der Hausmeister löschte weiter. Mit unverminderter Kraft spritzte Schaum aus dem Schlauch.
»Sie können aufhören, Herr Brandt!«, rief Torben. »Das Feuer ist aus!«
»Das sehe ich auch«, antwortete der Hausmeister ungehalten, »aber es geht nicht. Der beschissene Hebel hat sich verklemmt.«
»Na, na, was ist das denn für eine Ausdrucksweise«, rügte eine laute Stimme im Rücken der Reporter. »Und dann auch noch vor den Schülern!«
»Oje, der Chef!« Abrupt drehte sich der Hausmeister um. »Tut mir Leid, Chef . . .«
»Ja, ja, schon gut.« Der Schulleiter winkte ab. »Sehen Sie lieber zu, dass Sie das Ding da abstellen.« Er deutete auf den Feuerlöscher, der immer noch Löschschaum ausspuckte.
»Geht nicht«, sagte Herr Brandt und hob entschuldigend

die Schultern. Dabei drehte er jedoch auch die Hand nach vorn, mit der er den Schlauch hielt. Im hohen Bogen schoss der weiße Schaum in die Höhe und kam als Schneeregen wieder herunter.

»Passen Sie doch auf!«, schimpfte der Schulleiter und versuchte sich in Sicherheit zu bringen.

»Tut mir Leid!«, rief der Hausmeister wieder und winkte seinem Chef entschuldigend hinterher. Ein dicker Strahl traf Herrn Weber am Rücken.

»Herr Brandt! Machen Sie das mit Absicht?!«

»Nein, Chef«, versicherte der Hausmeister und beeilte sich, den Schlauch nach unten zu halten.

Die fünf Schülerzeitungsreporter waren hinter der Hausecke in Deckung gegangen und amüsierten sich königlich.

Es dauerte eine Weile, bis der Feuerlöscher vollständig geleert war. Als endlich kein Schaum mehr kam und die letzte Druckluft mit leisem Zischen entwich, sah der Rasen aus wie eine Winterlandschaft.

»Ist das Zeug eigentlich giftig?«, fragte Nana.

»Keine Ahnung«, antwortete Saskia. »Aber wir können ja zur Sicherheit jemanden fragen, der davon Ahnung hat.«

»Die Feuerwehr«, schlug Stummel vor.

»Ja, genau«, sagte Nevin und wandte sich Torben zu: »Und was meinst du?«

»Ich weiß nicht.« Torben betrachtete die verkohlten Äste und Zweige. »Mich interessiert viel mehr, wieso es überhaupt gebrannt hat.«

»Dann sollte auch noch die Polizei kommen, damit die den Brand untersuchen kann«, meinte Nana.

»Die Polizei?!« Der Schulleiter kam aus seinem Zufluchtsort hinter den Büschen hervor und eilte zu den Schülerzeitungsreportern. »Also . . . das muss ja nun wirklich nicht sein«, sagte er abwehrend. Mit Schaudern erinnerte er sich an die letzte Begegnung mit der Polizei, die erst vor wenigen Wochen stattgefunden hatte.

Ein Junge war vor der Schule von einem Auto angefahren und schwer verletzt worden. Torben und die anderen Schülerzeitungsreporter hatten daraufhin eine Demons-

tration organisiert und gefordert, dass der Bereich vor der Schule zur Tempo-30-Zone würde. Leider hatten die Reporter nicht daran gedacht, ihre Demonstration anzumelden. Schon nach wenigen Minuten war die Polizei anmarschiert und hatte die Versammlung aufgelöst, wobei sowohl einige der älteren Schüler als auch die Polizisten nicht gerade zimperlich vorgegangen waren. Es hatte Verletzte gegeben und natürlich war die Presse aufmerksam geworden. Tagelang stand die Schule im Interesse der Öffentlichkeit und Herr Weber hatte reichlich Ärger mit seinen Vorgesetzten in den Behörden bekommen. Zumal die Straße vor der Schule bereits eine Tempo-30-Zone war!
Der Schulleiter warf einen argwöhnischen Blick auf die Redakteure der Schülerzeitung. Die hatten in ihrer Wut über den Unfall überhaupt nicht recherchiert, sondern über Nacht die Demonstration organisiert und damit das Chaos ausgelöst. Waren die fünf dafür eigentlich zur Rechenschaft gezogen worden?, überlegte Herr Weber. Ach, was soll's. Der Schulleiter zuckte mit den Schultern. Jetzt war es dafür eh zu spät. Aber die Polizei, dessen war er sich sicher, wollte er nicht so bald wieder in seiner Schule haben.
»Keine Polizei«, sagte er entschieden. »Wozu auch? Das Feuer ist durch eine achtlos weggeworfene Kippe entstanden, das ist doch wohl klar. Aber das wird Konsequenzen haben!«
»Welche?«, fragte Torben sofort. Er schlug eine neue Sei-

te in seinem Notizblock auf, um die Antwort des Schulleiters aufzuschreiben. »Wollen Sie die Raucherecke verbieten?«
»Ähhh . . .« Herr Weber zögerte. Schlagartig war ihm klar geworden, dass er das, was er jetzt sagte, im nächsten »Blitz« als Zitat wiederfinden würde. Wenn er für die Schließung der Raucherecke eintrat, würde das einen Riesenwirbel geben.
Offiziell durfte in der Schule natürlich nicht geraucht werden. Die meisten Schüler waren ja auch vernünftig und fingen gar nicht erst mit der Qualmerei an. Aber gerade unter den Älteren gab es einige, die während der Pausen nicht auf ihre Zigarette verzichten wollten. Sie trafen sich im hintersten Winkel des Schulgeländes, stillschweigend geduldet von den Lehrern. Was hätten die auch sonst tun sollen? Solange es noch zwei Lehrerzimmer gab – eines für Raucher, das andere für Nichtraucher –, hätten sie sich lächerlich gemacht bei dem Versuch, den älteren Schülern das Rauchen zu verbieten.
»Das entscheide ich nicht alleine, sondern werde es mit dem Kollegium besprechen«, antwortete Herr Weber auf Torbens Frage. »Sicher ist, dass ich dieses kleine Feuer nicht einfach so hinnehmen werde.«
»Glauben Sie wirklich, dass eine brennende Zigarette das Feuer verursacht hat?«, hakte Torben nach.
»Ja, selbstverständlich. Das steht ja wohl außer Frage. So ein Feuer kann sehr schnell ausbrechen. Ein weggeworfener Zigarettenstummel reicht manchmal schon aus.« Der

Schulleiter wandte sich ab. »Kommen Sie, Herr Brandt«, rief er im Gehen.
»Glauben Sie das auch?«, fragte Torben den Hausmeister. Der hatte sich schon in Bewegung gesetzt, um Herrn Weber zu folgen. Er stoppte und warf einen nachdenklichen Blick zurück auf die Feuerstelle. Es war ihm anzusehen, wie die Gedanken in seinem Kopf kreisten.
»Wenn der Chef meint, es war eine Kippe, dann war es auch eine Kippe«, sagte der Hausmeister schließlich ausweichend, schulterte den leeren Feuerlöscher und verschwand.
Torben sah ihm nachdenklich hinterher. »Irgendetwas stimmt hier nicht«, murmelte er.
»Wie kommst du denn darauf?«, zweifelte Nana.
»Ich weiß nicht, ich habe so ein dummes Gefühl«, erklärte Torben. »Und der Hausmeister glaubt auch nicht an die Geschichte.«
»Was?«, fragte Nevin überrascht. »Er hat doch gerade gesagt, dass . . .«
»Herr Brandt hat gar nichts gesagt«, unterbrach Saskia sie. »Aber er hat eine Menge gedacht.«
»Also, mir erscheint das ziemlich logisch«, meinte Nana: »Eine glühende Zigarette, ein bisschen Wind – und schon brennt es.«
»Wir können es ja ausprobieren«, schlug Torben vor.
»Was?«, fragte Saskia überrascht. »Wie?«
»Ganz einfach.« Torben suchte den Boden ab und fand eine nur zur Hälfte gerauchte Zigarette.

»Was soll denn der Quatsch? Willst du die etwa in den Mund nehmen?« Saskia verzog angeekelt das Gesicht. »Iiih! Wer weiß, wer daran rumgelutscht hat?!«
»Keine Panik«, sagte Torben. Er riss ein Stück von einem Papiertaschentuch ab, wickelte es um den Filter, steckte sich die Kippe zwischen die Lippen und zückte ein Feuerzeug, das er neben vielen anderen nützlichen Dingen stets bei sich trug.
»Na, na, wenn das man gut geht«, stöhnte Nana.
Torben steckte die Zigarette in Brand und nahm ein, zwei Züge, ohne sie zu inhalieren. Trotzdem musste er husten. Der Qualm kratzte fürchterlich im Hals und die Zunge fühlte sich innerhalb weniger Sekunden wie betäubt an. Außerdem wurde ihm etwas schwindelig. Leicht schwankend marschierte Torben zu einem anderen Strauch, der wenige Meter entfernt genauso einsam mitten auf dem Rasen stand wie der abgebrannte. Er legte den Zigarettenstummel mit der rot glühenden Spitze direkt auf einen Zweig – und wartete.
Die vier anderen folgten ihm. Sie bauten sich im Halbkreis um den Strauch auf und starrten atemlos auf die glimmende Zigarette. Doch es passierte nichts, außer, dass der Zweig leicht ankokelte.
»Vielleicht stehen wir im Wind«, überlegte Saskia.
Torben zog erneut an der Zigarette und platzierte sie wieder auf dem Strauch, während die anderen sich einen neuen Beobachtungsposten suchten, etwas weiter weg als vorher.

Doch es passierte nichts. Selbst als Torben vorsichtig auf die Glut pustete, konnte er kein Feuer entfachen.
Stummel fand eine Zeitungsseite, knüllte sie zusammen und legte sie unter den Strauch. Wieder zog Torben an der Zigarette und legte sie direkt auf die Zeitung. Sofort fraß sich ein Loch in das Papier.
»Jetzt!«, flüsterte Nevin gespannt. »Gleich brennt es!«
Sie täuschte sich.
Die Glut erlosch nach wenigen Sekunden und es blieb nichts als ein etwa fünf Quadratzentimeter großes, schwarz umrandetes Loch in der Zeitung.
Torben drehte sich um und sah Nana triumphierend an.
»Damit ist noch gar nichts bewiesen«, sagte sie, immer noch zweifelnd. »In den Nachrichten im Radio werden die Autofahrer so oft davor gewarnt, Zigarettenkippen aus dem Fenster zu werfen, weil es sonst im Wald anfängt zu brennen. Warum wohl?!«
»Vielleicht im Sommer«, schränkte Stummel ein, »wenn alles knüppeltrocken ist. Aber zu dieser Jahreszeit? Wenn alles feucht ist? Das kann ich mir nicht vorstellen.«
»Ach ja? Und wieso steht fast jede Woche in der Zeitung, dass jemand mit einer Zigarette eingeschlafen ist und so seine Wohnung in Brand gesteckt hat?« Nana gab sich noch nicht geschlagen. »Kann mir das einer erklären?«
»Ich behaupte ja nicht, dass achtlos weggeworfene Zigarettenkippen ungefährlich sind«, sagte Torben. »Aber ich bezweifle, dass dieses Feuer« – er deutete auf den abgebrannten Strauch – »auf diese Weise entstanden ist. Könnt

ihr euch noch an unser Osterfeuer erinnern? Wie lange es gedauert hat, bis das Holz endlich brannte?!«

»Stimmt«, bestätigte Saskia. »Wir haben fast eine halbe Flasche Spiritus drübergeschüttet, weil das Holz zu feucht war. Und dabei hatten wir es tagelang getrocknet.«

»Genau«, sagte Torben. »Und der Strauch da war mit Sicherheit auch zu feucht. Der hat ja sogar noch gelebt!« Er schüttelte überzeugt den Kopf. »Nein, ich glaube nicht an die Version von Herrn Weber. Da muss etwas anderes dahinter stecken.«

»Du meinst . . . ein Brandstifter?«, flüsterte Nana ungläubig. »An unserer Schule?«

»So ein Quatsch!« Nevin lachte nervös. »Du glaubst doch nicht wirklich, dass hier auch jemand mit Spiritus nachgeholfen hat?«

»Ob mit Spiritus oder auf andere Art – das weiß ich nicht«, gab Torben zu. »Aber ich bin sicher, dass wir einer heißen Geschichte auf der Spur sind.«

»Ich glaube, du hast Recht«, sagte Saskia überzeugt. »Einer brandheißen Geschichte sogar.«

Viertes Kapitel

Wie ein Lauffeuer verbreitete sich am nächsten Tag die Nachricht, dass es in der Schule gebrannt hatte. Die Raucherecke wurde zum Wallfahrtsort. Jeder pilgerte dorthin, um sich den abgefackelten Strauch anzusehen. Und es dauerte nur bis zum Ende der ersten großen Pause, bis der Verdacht der Schülerzeitungsreporter die Runde gemacht hatte. Auf dem Schulhof, in den Gängen und Klassenräumen, selbst in den Toiletten – überall gab es nur ein Thema: In der Schule hatte ein Brandstifter sein verbrecherisches Unwesen getrieben!

Vermutungen über den Täter wurden geäußert, Verdächtigungen ausgesprochen und jeder, der Streichhölzer oder ein Feuerzeug dabeihatte, wurde argwöhnisch beobachtet. Jungen und Mädchen, die öffentlich angeprangert wurden, beschwerten sich heulend bei ihren Lehrern oder wehrten sich vehement. An diesem Vormittag gab es in der Schule mehr Prügeleien als sonst in einem ganzen Monat.

In der zweiten großen Pause berief der Schulleiter eine spontane Notkonferenz ein. In knappen Worten schilderte er dem Lehrerkollegium, wie das Feuer aus seiner Sicht nur entstanden sein konnte, und distanzierte sich von dem Verdacht der Schülerzeitungsreporter, dass ein Brandstifter seine Finger mit im Spiel hatte.

»Wir müssen gegen diesen Irrsinn vorgehen!«, rief er den Lehrerinnen und Lehrern zu. »Unsere Schüler geraten ja schon in Panik. Das können wir nicht zulassen!«
Die Lehrer klatschten Beifall oder klopften zustimmend auf die Tische. Da die Pause nur zwanzig Minuten dauerte und die Zeit drängte, beschlossen sie, ohne Diskussion abzustimmen. Mit überwältigender Mehrheit bei nur einer Gegenstimme und drei Enthaltungen einigten sie sich darauf, dass das Feuer durch eine achtlos weggeworfene Zigarettenkippe entstanden sein musste.
Frau Trautmann, die Deutschlehrerin, wurde beauftragt, sich einen Text auszudenken, den Herr Weber über die Lautsprecheranlage vorlesen sollte, um alle darüber zu informieren, wie das Feuer wirklich ausgebrochen war. Frau Kube-Paffrath, die Kunstlehrerin, bot sich an, den Text zudem auf ein Plakat zu übertragen und es in der Eingangshalle der Schule von Herrn Brandt aufhängen zu lassen.
Außerdem beschlossen die Lehrer, dass die Raucherecke zwar nicht verboten werden sollte, aber die Pausenaufsichten ihre Kontrollgänge künftig bis dorthin ausdehnen mussten.
Abschließend wurden noch zwei Lehrer gesucht, die sich mit den »Blitz«-Reportern in Verbindung setzen sollten, damit das Gerücht vom Brandstifter endgültig aus der Welt geschaft werden konnte.
Frau Hartwig, die sich nur im Englischunterricht von den Schülern mit »Mrs« anreden ließ, meldete sich sofort freiwillig. Als ihr Mitstreiter wurde Herr Legahn bestimmt. Der

bekam das zunächst gar nicht mit, denn er schwebte seit einiger Zeit sehr verliebt im siebten Himmel und hatte einige Probleme, sich in der Realität zurechtzufinden. Das störte allerdings niemanden, im Gegenteil: Alle Lehrer und Schüler waren sich einig, dass Herr Legahn noch möglichst lange verliebt bleiben sollte. Selbst sein Unterricht in Mathematik und Geschichte machte seitdem Spaß.
Als es zur 5. Stunde läutete, verließen die Lehrer das Konferenzzimmer in der Überzeugung, den Frieden in der Schule wieder hergestellt zu haben.
Tatsächlich zeigte die Durchsage zu Beginn der nächsten Stunde Wirkung. Die Schüler beruhigten sich und auf dem Nachhauseweg gab es nur noch eine Prügelei, weil jemand als Brandstifter beschimpft worden war. Die anderen Streitereien hatten andere Gründe oder fanden aus Spaß statt.
Am nächsten Morgen war schon wieder fast alles so wie immer.
Fast!
Einige Schüler glaubten immer noch, dass das Feuer von einem Brandstifter gelegt worden war.
Auch Florian aus der 8 c hatte einen Verdacht. Egal, was der Schulleiter oder die Lehrer sagten. Oder gerade weil die Lehrer ihre Theorie, dass nur eine Zigarettenkippe den Brand verursacht haben konnte, als einzige Möglichkeit anerkennen wollten. Er war extra vor dem Unterricht noch einmal zum Brandort gegangen, um sich Gewissheit zu verschaffen.

Die ersten beiden Stunden dachte er darüber nach, ob und mit wem er über seine Vermutung reden sollte. In seiner Klasse interessierte das niemanden mehr. Seine Mitschüler tuschelten wie alle anderen in der Schule schon wieder über ganz andere Themen. Schließlich nahm er sich vor, die Schülerzeitungsreporter zu informieren. Gleich in der ersten großen Pause.

Es klopfte und wenige Augenblicke später wurde die Tür vom Schülerzeitungsbüro zaghaft geöffnet.
»Komm doch rein«, sagte Saskia zu dem Jungen, der schüchtern im Eingang stehen blieb. »Was willst du? Eine Zeitung kaufen?«
»Nein.« Der Junge schüttelte den Kopf, trat in den Raum und schloss die Tür hinter sich. »Die habe ich schon. Ich . . .«
»Ja?«, bohrte Torben nach, weil der Junge stockte.
»Ich bin Florian. Aus der 8 c«, stellte der Junge sich vor.
»Ja . . . und?«
»Ich weiß, wer das Feuer verursacht hat.«
»Was?!«, schrie Saskia. »Wer?«
Doch bevor Florian den Namen verraten konnte, wurde die Tür erneut geöffnet. Ohne zu klopfen, platzte Frau Hartwig herein. Herr Legahn blieb vor der Tür stehen.
»Wir müssen mit euch reden«, sagte die Englischlehrerin bestimmt, ließ einen kritischen Blick durch das Büro wandern, ging dann zielstrebig auf den alten Sessel unter dem Fenster zu und setzte sich.

»Oh Gott«, stöhnte Nana leise auf. Sie war überzeugt, dass die neue Lehrerin gekommen war, um die Leitung der Redaktion zu übernehmen. Durch den Brand hatte sie völlig vergessen, die anderen Reporter vor ihr zu warnen.
Aber was will das Leghuhn hier?, fragte sich Nana. Der macht doch sonst einen großen Bogen um alles, was nach Schüler aussieht. Auch wenn er sich in letzter Zeit ja sehr verändert haben soll . . .
»Guten Morgen«, wünschte Herr Legahn höflich. »Darf ich hereinkommen?«
»Bitte.« Torben machte eine einladende Bewegung.
»Wie gesagt, wir müssen mit euch reden«, begann Frau Hartwig erneut, nachdem Herr Legahn einen Platz gefunden hatte. »Über euer Hirngespinst, den angeblichen Brandstifter.«
Nana atmete erleichtert auf, während Florian erschrocken zusammenzuckte.
»Von wegen ›angeblich‹«, rief Saskia. »Wir . . .«
Weiter kam sie nicht. Gedankenschnell trat Florian ihr leicht auf den Fuß. »Kein Wort mehr!«, flüsterte er ihr ins Ohr. »Komm mit, ich erzähle draußen weiter.«
Zum Glück verstand Saskia sofort. Sie täuschte einen Hustenanfall vor und ließ sich von Florian vor die Tür geleiten.
»Los, rede schon«, forderte sie ihn draußen auf, gespannt bis in die Haarspitzen.
»Du kennst doch Mr Puff-Puff?«, vermutete Florian.
Saskia sah ihn groß an. »Nein. Wer ist das?«

»Herr Cordes, der Chemielehrer«, klärte er auf, verwundert darüber, dass sie von dem noch nichts gehört hatte.

»Chemie kriegen wir erst im nächsten Schuljahr«, sagte Saskia und fragend kichernd: »Wie heißt der? Mr Puff-Puff?«

»So nennen ihn alle, die bei ihm Unterricht haben«, antwortete Florian und stellte klar: »Er ist eigentlich total nett. Aber die Experimente während des Unterrichts gehen grundsätzlich schief. Immer, wenn er irgendwelche Chemikalien zusammengerührt hat, sagt er zur Klasse: ›Passt auf, gleich macht es Puff!‹ – aber nichts passiert. Dann betrachtet er das Reagenzglas, als ob es daran liegt, und sagt noch einmal beschwörend: ›Puff.‹ Deswegen nennen wir ihn ›Mr Puff-Puff‹. Wirklich, das geht fast jede Stunde so. Sein Lieblingssatz lautet: ›Wieso knallt das denn jetzt nicht?‹ Zumindest sagt er den am häufigsten.«

Saskia lachte Tränen. Doch dann wurde sie wieder ernst. »Und was hat das mit dem Brandstifter zu tun?«, fragte sie. »Du glaubst doch nicht . . .?«

Florian nickte. »Doch. Herr Cordes ist immer sehr enttäuscht, wenn seine Versuche nicht funktionieren. Manchmal wird er sogar richtig böse. Ich habe selbst einmal gesehen, wie er wütend ein Reagenzglas zum Fenster rausgeworfen hat. Sein Chemielabor liegt im zweiten Stock im letzten Gebäude und das Fenster befindet sich genau . . .«

». . . über der Raucherecke?«, flüsterte Saskia gebannt den Satz zu Ende.

»Richtig«, bestätigte Florian. »Und es kommt noch besser: Vor ein paar Tagen habe ich zufällig beobachtet, wie er eine Flüssigkeit weggegossen hat. Dreimal darfst du raten, wo.«
»Bei dem abgebrannten Strauch«, sagte Saskia, während Florian nickte.
Trotzdem wollte sie es nicht glauben. »Warum sollte er so etwas tun? Er ist doch Lehrer!«
»Warum, weiß ich auch nicht«, bekannte Florian. »Vielleicht war es ja keine Absicht! Vielleicht hat Herr Cordes gedacht, seine Mixtur funktioniert nicht. Also schüttet er sie weg. Aber Tage später reagieren die Chemikalien plötzlich miteinander und: Puff!«
Saskia runzelte zweifelnd die Stirn. »Hört sich ziemlich abenteuerlich an«, meinte sie. »Kannst du dir das wirklich vorstellen?«
Florian zuckte mit den Schultern. »Ist eher unwahrscheinlich«, gab er zu. Aber er hielt sofort eine andere Idee parat. »Vielleicht hat Herr Cordes aus Frust wieder einmal etwas aus dem Fenster geworfen, den Busch getroffen und beim Aufprall hat sich das Zeug entzündet?!«
»Das hätten doch die Schüler mitbekommen«, gab Saskia zu bedenken.
»Es könnte auch nach dem Unterricht passiert sein«, beharrte Florian auf seinem Verdacht. »Ich glaube jedenfalls, dass Mr Puff-Puff mit dem Brand etwas zu tun hat. Das würde auch erklären, warum die Lehrer uns unbedingt einreden wollen, dass das Feuer durch eine Zigarettenkippe entstanden ist.«

»Du meinst, die wissen Bescheid und wollen ihn decken?!« Saskia fand auch diese Theorie ziemlich weit hergeholt. Aber ganz auszuschließen war sie nicht, da hatte Florian Recht. Und immerhin war es ein Anhaltspunkt.
»Wir werden der Sache nachgehen«, versprach sie.
»Erzählst du es mir, wenn ihr etwas herausgefunden habt?«, bat Florian.
»Natürlich«, sagte Saskia, »du erfährst es als Erster.«
Florian verabschiedete sich. Saskia sah ihm nachdenklich hinterher. Je länger sie grübelte, desto wahrscheinlicher erschien ihr Florians Theorie.
Fast alle Lehrer stöhnten über den Stress, dem sie täglich ausgesetzt waren. Warum sollte nicht mal einer durchdrehen? Die Nachrichten waren voll von Amokläufern, die plötzlich durchknallten. Im Vergleich dazu war ein brennender Strauch sogar noch ziemlich harmlos. Obwohl: Wenn sich so ein Feuer unkontrolliert ausbreitete . . .
Saskia schüttelte sich, um die Gedanken loszuwerden. Jetzt hieß es, kühlen Kopf zu bewahren und einen Plan zu entwickeln. Sie nahm sich vor, niemandem von Florians Verdacht zu erzählen, bevor sie selbst nicht sicher war.
Zuerst wollte sie diesen Mr Puff-Puff kennen lernen, ihn zumindest einmal sehen. Sie ging zum Hauptgebäude, wo an der Wand gegenüber dem Sekretariat ein großer Plan hing, auf dem zu erkennen war, wann welcher Lehrer in welcher Klasse Unterricht gab.
Sie hatte Glück. Laut Plan wurde in der nächsten Stunde die 9 a von Herrn Cordes in Chemie unterrichtet. Saskia

beschloss, ihren eigenen Unterricht zu schwänzen und sich stattdessen vor dem Labor auf die Lauer zu legen.
Sie warf noch einen schnellen Blick auf den Wochenplan und erkannte, dass der Chemielehrer in der Stunde vor dem Brand tatsächlich in seinem Raum über der Raucherecke Unterricht gegeben hatte.
Es läutete, die Pause war zu Ende. Saskia eilte über den Schulhof zu dem hintersten Gebäude und reihte sich in den Schülerstrom ein, der langsam die Treppen nach oben kroch.
Im zweiten Stock stellte sich Saskia etwas abseits der Klasse, die vor der verschlossenen Tür wartete. In dem Gedränge und Geschubse fiel sie überhaupt nicht auf.
Endlich kam der Lehrer. Er war klein und hatte nur noch wenige Haare auf dem Kopf, die wirr nach allen Seiten abstanden. Saskia konnte sich ein Grinsen nicht verkneifen. Herr Cordes hatte ein bisschen etwas von einem verwirrten Professor.
»Guten Morgen, Mr Puff-Puff«, grüßte die Klasse.
Saskia duckte sich unwillkürlich. Das gab bestimmt Ärger! Doch der Lehrer lächelte den Schülern nur freundlich zu und ließ sie in sein Labor. Bevor er die Tür hinter sich schloss, drehte er sich plötzlich um und blickte Saskia an.
»Wartest du auf mich?«, fragte er mit sympathischer Stimme. »Kann ich vielleicht etwas für dich tun?«
Saskia schüttelte stumm den Kopf. Sie wartete, bis der Lehrer im Chemielabor verschwunden war, und ging dann langsam die Treppen hinab. Die Freundlichkeit des Leh-

rers hatte sie überrascht. Sie konnte sich kaum vorstellen, dass er etwas mit dem Feuer zu tun hatte.
Als sie das Gebäude verließ, führten sie ihre Schritte fast automatisch in die Raucherecke. Sie hatte eine Idee: Wenn es stimmte, was Florian vermutete, dann musste es doch irgendwelche Spuren geben!
Quadratmillimeterweise suchte sie den Rasen um den abgebrannten Strauch herum ab und tatsächlich dauerte es nicht lange, bis sie fündig wurde. Keine zwei Schritte von der Brandstelle entfernt, fast komplett zugedeckt von ein paar herabgefallenen Blättern, fand Saskia – ein zerbrochenes Reagenzglas!
Langsam drehte sie sich um und ließ ihren Blick an der Fassade des Schulgebäudes hochwandern. Die Fenster im zweiten Stock waren geöffnet. Saskia lauschte und fast kam es ihr so vor, als würde sie eine nette Stimme sagen hören: »Passt auf, gleich macht es Puff!«
Also doch, dachte sie, Florian hat Recht gehabt. Sie nahm die Scherben mit spitzen Fingern hoch, um eventuelle Fingerabdrücke nicht zu verwischen, wickelte sie in ein Taschentuch und steckte sie vorsichtig in ihre Jackentasche. Dann riss sie eine Seite aus einem ihrer Hefte, faltete eine Tüte und schüttete ein paar Klumpen Erde vom Boden direkt unter dem Strauch hinein.
In den Krimis im Fernsehen wurde so etwas »Spurensicherung« genannt. Wenn auch nur der Hauch einer Chemikalie in der Erde war, konnte das in einem Labor festgestellt werden.

Saskia kannte zwar niemanden, der in einem solchen Labor arbeitete – außer Herrn Cordes, den sie allerdings kaum um Hilfe bitten konnte. Trotzdem fand sie ihre Idee gut. Mit den beiden Beweismitteln in der Tasche machte sie sich auf den Weg zurück ins Büro.

Dort wartete eine Überraschung auf sie. Torben, Nevin, Nana und Stummel – alle vier saßen um den notdürftig reparierten Tisch herum und führten eine heiße Diskussion.

»Wieso seid ihr nicht im Unterricht?«, fragte Saskia verblüfft.

»Es gibt Wichtigeres«, sagte Torben lapidar.

»Ach ja? Was denn?«

»Also, da ist erst mal Frau Hartwig, die neue Lehrerin. Sie will bei uns mitmachen, natürlich als Leiterin.« Nana verzog das Gesicht. »Das müssen wir unbedingt verhindern! Wir haben auch schon ein paar Ideen gesammelt.«

»Zweitens«, fuhr Torben fort, »hat das Leghuhn vorhin erzählt, dass Peter zwei Wochen wegen einer Reportage für die Stadtillustrierte in Kuba gewesen ist. Deswegen konnten wir ihn in der letzten Zeit auch nicht erreichen. Er musste wohl ganz plötzlich abreisen und hatte keine Zeit mehr, uns Bescheid zu geben. Aber seit gestern soll er wieder in Hamburg sein.«

»Ja, endlich«, sagte Stummel.

Die Schülerzeitungsreporter hatten Peter Breitkreuz vor ein paar Monaten über Herrn Legahn kennen gelernt. Er war Journalist bei der Hamburger Stadtillustrierten, ungefähr Mitte dreißig und ein Freund von Herrn Legahn. Peter hatte den Reporterkids einen Computer mit allem Drum und Dran zur Verfügung gestellt und half ihnen manchmal bei besonders kniffligen Problemen. Wie vor ein paar Monaten, als eine Erpresserin in der Schule ihr Unwesen trieb. Auch Stummel war damals eines ihrer Opfer geworden.

»Wir haben beschlossen, dass wir Peter morgen in seiner Redaktion besuchen und ihm den Vertrag mit Alexandra zeigen«, erklärte Stummel. »Vielleicht weiß er einen Rat, wie wir da rauskommen.«

»Gute Idee«, meinte Saskia.

»He, sag mal, was machst du eigentlich hier?« Torben war plötzlich stutzig geworden. »Wieso bist du vorhin einfach verschwunden? Wo hast du gesteckt? Und warum bist du nicht im Unterricht?«

»Ich?«, fragte Saskia und dehnte die Zeit genüsslich aus, bevor sie antwortete. »Florian hat mir einen Tipp gegeben. Dem bin ich nachgegangen und ich glaube, ich weiß, wer der Brandstifter ist!«

»Du auch?«, fragte Nevin verblüfft.

»Was meinst du mit ›Du auch‹?« Saskia verstand nicht.

»Wir haben auch einen Verdacht«, erklärte Nevin. »Aber wie bist du auf sie gekommen?«

»Wieso ›sie‹? Mr Puff-Puff ist doch ein Er.«, sagte Saskia vollkommen verwirrt.

»Herr Cordes, der Chemielehrer?« Torben glaubte seinen Ohren nicht zu trauen. »Was hat der mit dem Brand zu tun?«

Saskia berichtete in Kurzform von Florians Verdacht und

was ihre Recherchen ergeben hatten. Abschließend präsentierte sie die Beweismittel.

»Interessant«, murmelte Torben.

»Ja – und wen habt ihr im Verdacht?«, fragte Saskia.

»Alexandra«, sagte Nevin.

»Alexandra? Die Schulsprecherkandidatin?«

»Genau.« Nevin hielt einen der Zettel mit Alexandras Wahlprogramm hoch. »Ich habe es vorhin gelesen, als diese neue Lehrerin anfing zu nerven. Und ich bin auf etwas gestoßen.« Sie machte eine Pause, weil sie die richtige Stelle suchte. Alexandra hatte ihr Wahlprogramm in mehrere Punkte unterteilt. »Ah, da ist es. Hier steht: ›Drittens: Ich werde mich dafür einsetzen, dass die Raucherecke abgeschafft wird. Abgesehen davon, dass das Rauchen bewiesenermaßen gesundheitsschädlich ist, stellt die Raucherecke zudem eine weitere große Gefahr dar.‹« Nevin sah kurz zu Saskia. »Achtung, jetzt kommt es. Hör genau zu: ›Eine einzige unachtsam weggeworfene Zigarettenkippe kann einen Brand entfachen, der die ganze Schule gefährdet. Das dürfen wir nicht länger hinnehmen.‹« Nevin ließ das Wahlprogramm sinken. »Na, was sagst du nun?«

Saskia zuckte mit den Schultern. »Ich verstehe den Zusammenhang nicht. Alexandra warnt doch vor einem Brand. Wieso sollte sie ihn dann selbst legen?«

»Das ist doch ganz logisch«, erklärte Torben. »Das Wahlprogramm soll dem nächsten ›Blitz‹ beigelegt werden. Der erscheint voraussichtlich kurz vor der Schulsprecherwahl, wenn wir das mit dem Geld bis dahin geklärt haben.

Also in drei Wochen. Wenn die Schüler den Text lesen, werden sie sich an das Feuer von vorgestern erinnern und denken: Oh, Alexandra hat Recht – ja, und damit steigen ihre Chancen, gewählt zu werden.«

»Ich weiß nicht«, zweifelte Saskia. »Ist das nicht sehr weit hergeholt?«

»Es ist genauso realistisch oder unrealistisch wie der Gedanke, dass ein Lehrer den Brand gelegt haben könnte«, widersprach Nana. »Möglich ist alles.«

»Und bisher ist es ja auch nur ein Verdacht«, schränkte Nevin ein.

»Na toll«, sagte Saskia, »dann haben wir also zwei Verdächtige. Und was machen wir jetzt?«

»Ich schlage vor, wir beobachten beide«, meldete Stummel sich zu Wort. »Wir teilen uns in zwei Gruppen, dann können wir beide gleichzeitig beschatten.«

»Einverstanden«, sagte Torben. »Am besten, wir fangen gleich heute nach der Schule damit an.«

»Ich kann nicht mitmachen«, gab Nevin zu bedenken. »Heute ist Mittwoch und ihr wisst ja, ich habe nur montags und donnerstags frei.«

Seit ihre Mutter wieder arbeitete, musste Nevin dienstags, mittwochs und freitags am Nachmittag auf ihren kleinen Bruder Murat aufpassen. Die beiden freien Nachmittage hatte sie sich erst vor wenigen Wochen mühsam erkämpft. Sehr zum Leidwesen ihrer beiden älteren Brüder, die sich jetzt immer montags und donnerstags mit Murat beschäftigen mussten.

»Kein Problem«, meinte Torben. »Dann machst du eben mit, wenn du Zeit hast.«
Die Schülerzeitungsreporter beschlossen, dass Saskia und Torben den Chemielehrer unter die Lupe nehmen sollten, während Nana und Stummel für die Beobachtung von Alexandra verantwortlich waren.
»Und was machen wir mit meinen Beweisen?«, fragte Saskia.
»Die geben wir Peter«, schlug Stummel vor. »Der kennt doch bestimmt jemanden, der sie auf Spuren untersuchen kann.«
»Gute Idee«, meinte Nana. »Und wann kümmern wir uns um Frau Hartwig?«
»Eins nach dem anderen«, sagte Torben. »Erst müssen wir den Brandstifter überführen und danach denken wir über alles andere nach.«
»Na na, wenn das man gut geht«, sagte Nana. »Hoffentlich ist e,s dann nicht zu spät.«

Fünftes Kapitel

Achtung, er kommt«, raunte Saskia.

Torben drehte sich unauffällig um und entdeckte Herrn Cordes, den Chemielehrer, der mit eiligen Schritten das Schulgebäude verließ.

»Was machen wir eigentlich, wenn er ein Auto hat?«, fragte Saskia. »Damit hängt er uns auf den Fahrrädern doch schon an der übernächsten Kreuzung ab.«

»Abwarten. Ich bin sicher, er geht zu Fuß oder fährt auch mit dem Rad.« Torben hatte sich im Sekretariat nach der Adresse von Herrn Cordes erkundigt und sie tatsächlich ohne große Probleme bekommen. Er hatte nur eine wilde Lügengeschichte erzählt, in der es darum ging, dass seine Klasse den Lehrer mit einem Geschenk überraschen wollte, das er vor seiner Haustür finden sollte. Die Sekretärin war so gerührt gewesen, dass es noch Schüler gab, die einem Lehrer etwas Gutes tun wollten, dass sie sämtliche Datenschutzvorschriften außer Acht ließ und ohne zu zögern mit der Anschrift herausrückte. Herr Cordes wohnte nur einen Katzensprung von der Schule entfernt, was Torben darauf schließen ließ, dass er nicht mit dem Auto fuhr.

Er behielt Recht. Herr Cordes ging schnellen Schrittes an dem Lehrerparkplatz und auch an den Fahrradständern

vorbei, verließ das Schulgelände und bog rechts ab, in Richtung Hauptstraße.
»He, das ist falsch«, sagte Torben erstaunt. »Der geht nicht nach Hause, sonst wäre er linksherum gegangen!«
»Wahrscheinlich muss er noch einkaufen«, vermutete Saskia. »Komm, lass uns hinterherfahren.«
Die beiden schwangen sich auf ihre Räder und nahmen die Verfolgung auf. Wie geübte Detektive achteten sie stets darauf, dass sie einen Mindestabstand zu dem Lehrer einhielten, damit er sie nicht bemerkte. Doch das wurde ihrem Plan beinahe zum Verhängnis.
Aus großer Entfernung beobachteten Torben und Saskia, wie Herr Cordes die Kreuzung erreichte – und in einen Bus stieg. Damit hatten sie nicht gerechnet.
»Hinterher!«, rief Torben, nachdem er die Schrecksekunde überwunden hatte. Er stieg in die Pedale und legte ein höllisches Tempo vor. Trotzdem kam er zu spät. Bevor er die Haltestelle erreichte, fuhr der Bus an und reihte sich in den zügig fließenden Verkehr ein.
Torben bremste ab. »So ein Mist!«, ärgerte er sich.
Saskia rauschte heran und kam neben ihm zum Halten. »Los, lass uns hinterherfahren«, schlug sie ein wenig außer Atem vor. »Ich kenne die Strecke: Der Bus hält alle paar Meter. Wenn wir Glück haben, holen wir ihn an jeder Haltestelle wieder ein.«
»Und wenn nicht?«, zweifelte Torben.
»Dann haben wir Pech gehabt«, sagte Saskia. »Aber das ist unsere einzige Chance.«

Die Ampel zeigte gerade Grün. Saskia ließ sich auf keine weitere Diskussion ein und radelte los. Torben blieb nichts anderes übrig, als sich an ihr Hinterrad zu hängen.
Der Bus fuhr die Mansteinstraße entlang, bog rechts ab in die Schlankreye und stoppte an der Ecke Bundesstraße. Torben und Saskia waren schnell; sie erreichten die Haltestelle kurz nach dem Bus. Durch die Scheiben einer Bäckerei konnten sie beobachteten, dass ein paar Fahrgäste aus- und andere einstiegen.
»Kannst du Herrn Cordes sehen?«, fragte Torben.
»Ich bin nicht ganz sicher«, sagte Saskia. »Ich glaube, er sitzt direkt neben der Tür.« Der Bus fuhr wieder an. »Jetzt ist er aufgestanden! Wetten, dass er am ›Schlump‹ aussteigt?«
»Abwarten«, meinte Torben.
Der Lehrer stieg tatsächlich aus. Doch offenbar hatte er sein Ziel noch nicht erreicht. Ohne sich umzudrehen, ging er geradewegs zur U-Bahn-Station. Anscheinend merkte er überhaupt nicht, dass er beobachtet wurde.
»Schnell, lass uns die Räder anschließen«, sagte Torben. »Wir folgen ihm zu Fuß.«
Sie lehnten die Fahrräder an einen Baum, ketteten sie aneinander und liefen Herrn Cordes hinterher. Diesmal ließen sie den Abstand nicht zu groß werden. Trotzdem kamen sie beinahe wieder zu spät. Mitten auf der Treppe spürten sie plötzlich einen kalten Windzug. Sekunden später fuhr eine U-Bahn in die Station ein. Die beiden rannten die Stufen hinunter und blickten gehetzt über den Bahnsteig.

»Zurückbleiben, bitte«, schnarrte eine Lautsprecherstimme.
Gerade noch rechtzeitig sprangen sie in den letzten Wagen, bevor sich die Türen zischend schlossen. Völlig außer Atem ließen sie sich in eine Sitzbank fallen.
Plötzlich zuckte Torben zusammen. »Oh Mann«, schnaufte er leise, »ich habe keine Fahrkarte!«
Saskia erschrak. »Ich auch nicht. Und jetzt?«
»Wir müssen eben an jeder Station aufpassen, ob Kontrolleure einsteigen«, meinte Torben. »Mach dir keine Sorgen, die erkenne ich auf hundert Meter Entfernung.«
»Gut«, sagte Saskia, »dann beobachte ich solange Herrn Cordes.« Sie sah sich suchend im Wagen um. »Wo ist der überhaupt?«
Die beiden ließen ihre Blicke über die anderen Fahrgäste wandern, doch den Lehrer entdeckten sie nicht.
»Vielleicht ist er gar nicht eingestiegen«, befürchtete Saskia.
»Na, das wär ein Ding«, murmelte Torben. »Komm, wir gehen nach vorne und sehen nach, ob er im nächsten Wagen ist.«
In den neuen U-Bahnzügen konnte man durch große Panoramafenster von einem Waggon in den nächsten sehen. Ein Blick genügte den beiden, um Herrn Cordes zu entdecken, der mit dem Rücken zu ihnen saß und in einer Zeitung blätterte.
»Okay«, sagte Saskia, »ich behalte ihn im Auge. Achte du darauf, ob Kontrolleure kommen.«

»Ist gut«, nickte Torben und suchte sich einen Platz am Fenster.
Die Bahn der Linie U3 fuhr quer durch Hamburg. Bis zu den Landungsbrücken lag die Strecke meist unter der Erde. Vor den Fenstern gab es außer dem dunklen Tunnel nichts zu sehen.
Das änderte sich erst am Hafen. Torben blickte fasziniert auf das Wasser und die Schiffe. Auch Saskia ließ Herrn Cordes aus den Augen und sah stattdessen lieber aus dem Fenster. Obwohl sie diese Strecke schon tausend Mal gefahren war, begeisterte sie der Anblick immer wieder.
Doch schon vor dem Rödingsmarkt hatte die tolle Aussicht ein Ende. Die Strecke führte vom Hafen weg und gleich hinter der Station fuhr die U-Bahn wieder mit kreischenden Bremsen in den Tunnel.
»Schade«, seufzte Saskia, drehte sich um und beobachtete Herrn Cordes beim Zeitunglesen. Aufregend war das nicht unbedingt.
Saskia begann sich zu langweilen. »Der fährt ja bis ans Ende der Welt«, nörgelte sie. Tatsächlich machte der Lehrer keinerlei Anstalten auszusteigen. »Ich möchte wissen, was die beiden anderen gerade machen. Bei denen ist es bestimmt viel spannender!«

Nana und Stummel hielten sich zur selben Zeit auf einem Spielplatz gegenüber dem Haus auf, in dem Alexandra wohnte. Es war ein kleiner Spielplatz in einem sehr kleinen Park. Eine Wippe, eine Rutsche, ein Hundeklo, das

früher mal ein Sandkasten gewesen war, und zwei Schaukeln – das war's.
Alexandra war nicht zu Hause. Nana und Stummel hatten sie in der Schule verpasst, doch von der Klassenlehrerin erfuhren sie die Adresse, nachdem Stummel erzählt hatte, dass Alexandra wegen der Schulsprecherwahl für den »Blitz« interviewt werden sollte.
Die beiden waren mit ihren Rädern auf direktem Weg zu Alexandras Haus gefahren. Auf fast direktem Weg. Nana hatte Hunger bekommen und musste unbedingt an einem Imbiss anhalten, um Pommes zu kaufen. Eine Portion zum Teilen – für zwei reichte das Geld nicht.
Alexandra wohnte in einem schönen, alten Haus, schneeweiß, mit Verzierungen an den Außenwänden, großen Balkonen und hohen Räumen. Ihre Eltern waren bestimmt nicht arm, denn so eine Wohnung kostete eine hohe Miete.
Als sie zumindest vorläufig gesättigt angekommen waren, hatte Nana vorgeschlagen einfach zu klingeln, um zu sehen, ob jemand zu Hause war. Bevor Stummel aus Angst irgendwelche Einwände erheben konnte, hatte sie ihren Vorschlag einfach in die Tat umgesetzt. Angespannt hatte Stummel sich bereitgemacht, sofort das Weite zu suchen, falls sich jemand über die Gegensprechanlage meldete. Doch das war nicht nötig gewesen: Bei Alexandra war niemand zu Hause.
Seit über einer halben Stunde ließen sich Nana und Stummel in den Schaukeln hin- und herwiegen, während sie die Straße beobachteten.

»Mann, ist das öde«, stöhnte Stummel. »Ich möchte wissen, was die beiden anderen machen. Einen Lehrer zu verfolgen ist bestimmt viel spannender.«

»Weißt du, was ich nicht verstehe?«, meinte Torben, nachdem die U-Bahn die Station »Raues Haus« verlassen hatte: »Weshalb Herr Cordes am Schlump nicht die U2 genommen hat und am Berliner Tor umgestiegen ist. Das wäre doch schneller gewesen.«
»Vielleicht fährt er auch lieber am Hafen entlang«, sagte Saskia, »oder er hatte keine Lust umzusteigen. Ist doch auch egal.« Sie zuckte mit den Schultern und drehte sich wieder nach vorne.
»Nächste Haltestelle: Horner Rennbahn«, schnarrte es aus dem Lautsprecher.
»He, Torben!« Ohne sich umzudrehen tastete Saskia nach seinem Bein und tippte ihn an.
»Was ist?«, brummte Torben.
»Er steigt aus«, flüsterte Saskia.
Von einem Moment auf den anderen waren beide hellwach. Die U-Bahn fuhr in die Station ein, wurde langsamer und hielt schließlich an. Torben steckte vorsichtig seinen Kopf zur Tür hinaus. »Vorsicht«, rief er mit unterdrückter Stimme und drehte sich rasch um.
Saskia starrte an seinen Schultern vorbei nach draußen. Der Lehrer hatte die U-Bahn tatsächlich verlassen und ging auf den Ausgang »Am Gojenboom« zu.
»Zurückbleiben, bitte«, sagte die Lautsprecherstimme.

Die beiden Schülerzeitungsreporter sprangen hinaus. Saskia sah nachdenklich Herrn Cordes hinterher, der den Ausgang fast erreicht hatte. »Sag mal, wieso folgen wir ihm eigentlich?«, fragte sie unvermittelt.
»Weil wir es so besprochen haben. Stummel und Nana beobachten Alexandra und wir beide kümmern uns um Herrn Cordes.«
»Ja, das weiß ich«, sagte Saskia. »Aber warum? Er kann doch nicht gleichzeitig hier sein und in unserer Schule Feuer legen!«
Torben stutzte. »Das stimmt«, meinte er. »Aber da wir schon mal hier sind, können wir die Sache auch zu Ende bringen. Ich möchte wissen, was er hier macht. Oder hast du keine Lust mehr?«
»Eigentlich nicht«, gestand Saskia. »Ich weiß nicht, was es bringen soll. Und außerdem habe ich Hunger.«
»Komm schon«, versuchte Torben sie neu zu motivieren. »Wir folgen ihm noch eine Viertelstunde. Ich habe es irgendwie im Gefühl, dass etwas Spannendes passiert. Wenn nicht, kehren wir um, okay?«
»Na gut«, willigte Saskia ein. »Aber lass uns nach einer Pommesbude Ausschau halten. Ich habe wirklich Hunger.«
Die beiden liefen den Bahnsteig entlang, verließen den U-Bahnhof und sahen sich suchend um. Sie entdeckten Herrn Cordes sofort. Er spazierte den Bauerberg hinunter. Saskias Ausdauer wurde auf keine große Probe gestellt. Der Lehrer überquerte eine Kreuzung, bog in eine kleine Seitenstraße und strebte auf den ersten Eingang eines großen

Mietshauses zu. Blitzschnell gingen die beiden Schülerzeitungsreporter hinter einem parkenden Auto in Deckung. Herr Cordes studierte die Namensschilder neben den Klingelknöpfen.

»Er besucht jemanden, wie langweilig«, stöhnte Saskia. »Und um das rauszukriegen, haben wir ihn die ganze Zeit verfolgt?«

»Abwarten.« Torben grinste. »Ich finde es sehr interessant, wen er da besucht!«

Saskia spähte vorsichtig über den Kofferraum des Wagens zu dem Haus. Im ersten Stock wurde ein Fenster geöffnet.

Eine Frau steckte ihren Kopf heraus und schien etwas hinunterzurufen.
»Moment mal, die kenne ich doch!«, platzte Saskia überrascht heraus. »Ist das nicht . . .?«
»Genau!« Torbens Grinsen wurde noch breiter. »Frau Hartwig, die neue Englischlehrerin.«
»Was will Herr Cordes denn bei der?«
»Keine Ahnung«, sagte Torben. »Aber anscheinend sind sie verabredet.«
Frau Hartwig winkte kurz hinunter und schloss das Fenster. Herr Cordes öffnete seine Aktentasche, holte einen kleinen, zusammengedrückten Blumenstrauß heraus und wickelte ihn aus dem Papier. Bevor er die Haustür aufstieß und im Dunkel des Treppenhauses verschwand, sah er sich kurz um.
Saskia zog ihren Kopf zurück.
»Hat er dich gesehen?«, fragte Torben.
»Ich weiß nicht, kann sein.« Saskia zuckte mit den Schultern. Plötzlich war sie ganz aufgeregt. »Was glaubst du, warum Herr Cordes sie besucht? Ob die ein Verhältnis haben?«
Torben setzte einen viel sagenden Gesichtsausdruck auf. »Vielleicht arbeiten sie ja auch nur gemeinsam«, kicherte er.
»Und dann bringt er Blumen mit?«, wunderte sich Saskia. »Das kann ich mir nicht vorstellen.«
»Wer weiß«, sagte Torben. »Komm, hier haben wir nichts mehr verloren. Lass uns nach Hause fahren.«

»Der Cordes und die Neue!« Saskia konnte es immer noch nicht fassen. »Die anderen werden Augen machen, wenn wir das morgen früh erzählen. Die haben bestimmt nicht so was Spannendes erlebt.«

»Wie spät ist es?«, fragte Stummel genervt.
»Kurz nach drei«, antwortete Nana. Auch ihre Stimmung war nicht die beste. Das Dasein als Detektivin hatte sie sich spannender vorgestellt. Sie dachte an die Krimiserien im Fernsehen, in denen die Detektive zum Beispiel immer . . .
»Moment mal«, raunte sie und unterbrach ihre eigenen Gedanken.
»Was ist?«
»Da geht jemand auf den Hauseingang zu!«
»Alexandra?«
»Nein. Ein anderes Mädchen, jünger«, beschrieb Nana, was sie beobachtete. »Es geht hinein!«
»Ist ja aufregend«, sagte Stummel, ohne sich die Mühe zu machen hochzusehen.
Nana ließ sich nicht entmutigen. Seit über einer Stunde hockten sie und Stummel auf dem blöden Spielplatz. Nichts war bisher geschehen. Gar nichts. Doch endlich passierte etwas. Nana hatte es im Gefühl.
Sie ließ Alexandras Wohnung nicht mehr aus den Augen. Und tatsächlich: Eine Minute, nachdem das Mädchen im Hausflur verschwunden war, bewegten sich in einem Zimmer die Gardinen. Nur für einen kurzen Moment, aber

der reichte aus, um Nana konzentriert und atemlos vor Spannung die Wohnung beobachten zu lassen.
Doch mehr passierte nicht. Nach drei Minuten hielt sie es nicht mehr aus. Entschlossen sprang sie von der Schaukel. Stummel sah sie erstaunt an. »Was hast du vor?«
»Ich hab die Faxen dicke. Wer weiß, vielleicht kommt Alexandra heute gar nicht nach Hause und wir warten, bis wir schwarz sind!«, schimpfte Nana. »Ich geh da jetzt rüber und frage, wann sie nach Hause kommt.«
»Hältst du das für eine gute Idee?«, zweifelte Stummel. Seufzend stand er auf und folgte Nana, die ohne zu zögern zu dem Haus marschierte und klingelte.
Der Summer ertönte. Stummel drückte die Haustür auf und stapfte vor Nana die Stufen hoch. Auf dem ersten Treppenabsatz wurde ihm plötzlich mulmig zu Mute. Wenn das Mädchen nun nicht alleine war?! »Geh vor«, murmelte er und schob Nana an sich vorbei.
»Du bist und bleibst ein Angsthase«, meinte Nana und ging voran.
Die Wohnungstür stand halb offen.
»Hi«, sagte Nana zu dem Mädchen, das sie beim Betreten des Hauses gesehen hatte.
»Guten Tag«, erwiderte das Mädchen höflich. Es war zehn, vielleicht elf Jahre alt, trug nur eine Strumpfhose und darüber eine babyrosafarbene Strickjacke. Das Gesicht und die Hände waren schmutzig. Unter dem Arm klemmte ein abgegriffener Teddy.
»Wir wollen zu Alexandra.«

»Lexi ist nicht da.« Das Mädchen hatte den Daumen im Mund und nuschelte nur.
»Und wo ist Lexi?« Stummel merkte, dass keine Gefahr drohte, und schob sich neben Nana.
Mit einem lauten »Plopp« flutschte der Daumen heraus.
»Du darfst nicht ›Lexi‹ zu ihr sagen!«, schimpfte das Mädchen plötzlich. »Niemand darf das, nur ich!«
»Ist ja schon gut«, versuchte Nana das Mädchen zu beruhigen. »Und wer bist du?«
»Ich heiße Ann-Kathrin. Lexi ist meine Schwester.«
»Kannst du uns sagen, wann Alexandra nach Hause kommt?«, versuchte es Stummel noch einmal.
Das Mädchen steckte den Daumen wieder in den Mund und hob die Schultern.
»Komm«, sagte Stummel. Er zog Nana, die geistesabwesend an dem Mädchen vorbei in die Wohnung starrte, am Sweatshirt.
»Was?« Nana zuckte erschrocken herum.
»Wir gehen wieder. Das hat doch keinen Sinn«, erklärte Stummel.
»Ich glaube, du hast Recht«, stimmte Nana zu.
Die beiden wollten sich gerade verabschieden, als unten die Haustür geöffnet wurde. Schritte eilten die Treppe hinauf – und plötzlich stand eine Frau vor ihnen.
Allerdings nahm sie zunächst keine Notiz von den beiden. Stattdessen faltete sie die Hände vor dem Mund und sah das Mädchen an. »Ann-Kathrin! Wie siehst du schon wieder aus?! Hast du wieder Baby gespielt?« Sie drängelte sich

an Nana und Stummel vorbei und schob das Mädchen mit sanftem Druck in die Wohnung. »Husch, husch, ab in dein Zimmer. Und nimm den Daumen aus dem Mund.«
Seufzend drehte sie sich um und musterte Nana und Stummel. »Und wer seid ihr?«, fragte sie zurückhaltend freundlich.
Nana dachte blitzschnell nach, stellte Stummel und sich selbst als Reporter der Schülerzeitung vor und erklärte: »Wir wollen Alexandra wegen der Schulsprecherwahl befragen.«
»Ein Interview? Mit meiner Großen?«, fragte die Mutter nach und seufzte glücklich. »Ach, Alexandra macht uns so viel Freude. Ganz im Gegensatz zu der Kleinen. Ann-Kathrin ist manchmal noch zu verspielt.«
»Hmm«, machte Nana, weil sie nicht wusste, was sie dazu sagen sollte. Nach einer kurzen Pause fragte sie: »Wo ist Alexandra denn?«
»Beim Klavierunterricht. Ach, wir sind so stolz auf sie. Was die alles unternimmt! Und alles freiwillig«, stellte die Mutter klar.
»Ja, dann ...« Nana trat einen Schritt zurück. »Wir können sie ja auch in der Schule befragen. Auf Wiedersehen.«
»Auf Wiedersehen, ihr beiden. Ich werde Alexandra berichten, dass ihr hier wart.« Die Mutter schloss die Tür.
Nana und Stummel starrten sich an. Sekunden später brach ein Donnerwetter hinter der Wohnungstür los. »Ann-Kathrin! Komm sofort her!«, hörten sie die Mutter schreien. »Was ist bloß in dich gefahren? In so einem Auf-

zug die Tür aufzumachen?! Schämst du dich gar nicht? Was sollen denn die Leute von uns denken?! Nimm dir endlich ein Beispiel an Alexandra . . .!«

»Komm«, sagte Nana, packte Stummel am Arm und zog ihn mit sich, die Treppe hinunter.

»So eine Mutter möchte ich aber auch nicht geschenkt haben!«, stöhnte Stummel kopfschüttelnd, als die beiden wieder auf der Straße standen.

»Ich auch nicht«, stimmte Nana zu. »Arme Ann-Kathrin!«

Sie gingen zu ihren Fahrrädern und schlossen sie auf.

»Schade, dass der Nachmittag nichts gebracht hat«, bedauerte Stummel. »Wir sind keinen Schritt weiter.«

»Das würde ich nicht sagen«, meinte Nana und strahlte ihn geheimnisvoll an. »Weißt du, was ich in der Wohnung entdeckt habe?«

»Was?«

»Brennspiritus! Eine ganze Flasche. Sie stand im Flur, halb versteckt hinter einem Vorhang. Aber das Etikett war deutlich zu erkennen.«

»Ist das wahr?!«, schrie Stummel. »Ich habe es doch gewusst: Alexandra ist die Brandstifterin! Na, da werden die anderen morgen aber Augen machen!«

Sechstes Kapitel

Saskia schaltete das Licht an und stieg die Treppe hinab. Eine einzelne matte Glühbirne tauchte den Keller der Schule in ein schummriges Licht. Hier stellte sie seit zwei Wochen heimlich ihre Arbeit für den Werkunterricht unter, weil sie keine Lust hatte, die große Holzplatte mit der nachgebauten Stadt aus leeren Zigarettenschachteln, Toilettenrollen und anderen Pappbehältern jedes Mal mit nach Hause zu nehmen. Fast täglich kam sie her, um nachzusehen, ob ihre Arbeit noch da war.
Saskia öffnete die Tür zum Heizungsraum und war erleichtert. In der Schule wurde viel geklaut und zerstört. Aber ihre Modellstadt stand unangestastet auf einem Hocker in der Ecke. Saskia zog das dünne Leinentuch ab, das sie zum Schutz vor Staub über ihr Werkstück ausgebreitet hatte, nahm die Holzplatte hoch, drehte sich vorsichtig um – und erstarrte. Was war denn das?!
Auf der anderen Seite des Kellers stand ein Abfallbehälter. Einer aus Drahtgeflecht, wie es viele auf dem Pausenhof gab. Doch dieser sah anders aus. Das Gitter war leicht verbogen und von einer schwarzen Schicht überzogen.
Saskia stellte ihre Stadt wieder ab, eilte hinüber und fuhr mit dem Finger über den Abfallkorb. Ruß, stellte sie fest. Und plötzlich bemerkte sie, dass es im Keller verbrannt roch.

Verdammt, fluchte Saskia in Gedanken. Sie schnappte sich ihr Stadtmodell und beeilte sich den Keller zu verlassen.
Der Werkunterricht schleppte sich gähnend langsam dahin. Saskia war völlig unkonzentriert. Einmal klebte sie ein Hochhaus mitten auf eine Kreuzung. Doch sie bemerkte es nicht einmal. Ihre Stadt war im Moment vollkommen egal. Sie sehnte nur noch das Ende der Stunde herbei.
Endlich läutete es. Ungeduldig räumte sie ihren Arbeitsplatz auf und stellte die Holzplatte auf einen der Werkzeugschränke. Sie konnte sicher sein, dass bereits am nächsten Tag die Hälfte zerstört oder voll gemalt war, doch das war ihr egal. Sie hetzte aus dem Werkraum und lief zum Schülerzeitungsbüro.
Der Rest der Redaktion war bereits versammelt und tauschte die Beobachtungen des gestrigen Nachmittags aus.
»Damit ist Alexandra ja wohl eindeutig unsere Hauptverdächtige«, schlussfolgerte Nevin gerade, als Saskia zur Tür hereinplatzte.
»Es hat schon wieder gebrannt!«, schrie sie statt einer Begrüßung. Sie knallte die Tür hinter sich zu.
Ihr Auftritt blieb nicht ohne Wirkung. Erschrocken starrten die anderen sie an.
»Was?!«, stammelte Torben. »Wo?«
»Im Keller!«, rief Saskia. »Nein, nicht im Keller. Aber dort steht ein abgebrannter Abfalleimer.« Aufgeregt berichtete sie, was sie heute Morgen entdeckt hatte. »Es muss gestern Nachmittag passiert sein«, behauptete sie abschließend.

»Wieso bist du dir so sicher?«, fragte Nana.

»Weil ich gestern Mittag noch dort war, bevor wir Herrn Cordes verfolgt haben«, erklärte Saskia aufgewühlt. »Da stand das Ding noch nicht da!«

»Los, das müssen wir uns ansehen«, schlug Torben vor.

Saskia führte die anderen Schülerzeitungsreporter in den Heizungskeller. Ungläubig starrten sie den abgebrannten Müllbehälter an. Nevin hatte die digitale Kamera mitgenommen und machte Fotos.

»Damit ist es eindeutig«, meinte Torben, »an unserer Schule läuft ein Brandstifter frei herum.« Er ballte die Fäuste und fügte kopfschüttelnd hinzu: »Das ist doch unglaublich. So eine Saubande!«

»Glaubst du, dass es mehrere sind?«, fragte Stummel erstaunt.

»Nein«, sagte Torben verbittert, »ich meine unsere Lehrer. Die verstecken das Ding einfach und sagen kein Wort! Ich bin sicher, die werden sich irgendwie rausreden, wenn wir sie deswegen befragen. Aber denen werden wir es zeigen.«

»Was hast du vor?«, fragte Saskia gespannt.

Torben sah auf die Uhr. »Wir werden die Brandstelle suchen«, verkündete er. »Die Pause dauert noch gut zehn Minuten. Wir werden ausschwärmen und alle Standplätze der Abfalleimer unter die Lupe nehmen. Bestimmt steht an der Stelle des abgebrannten Abfalleimers ein neuer. Und diese Stelle werden wir finden! Los jetzt. Wir treffen uns am Ende der Pause im Büro wieder.«

Die Reporter teilten das Schulgelände unter sich auf und stürmten voller Tatendrang aus dem Keller.
Torben hatte den Bereich bis zum Schulsportplatz übernommen. Er überquerte den Schulhof, marschierte an der Turnhalle vorbei und entdeckte den ersten Abfalleimer. Gründlich inspizierte er den gesamten Boden. Er rollte den Papierkorb sogar zur Seite, doch er fand nicht den Hauch einer Spur.
Egal. Rund um den Sportplatz standen noch fünf weitere Müllbehälter. Torben war von der Richtigkeit seines Verdachts vollkommen überzeugt. Hoffnungsvoll lief er zum zweiten Abfalleimer. Doch auch unter dem war kein bisschen Ruß zu entdecken. Auch der nächste und übernächste und der fünfte Mülleimer wiesen keinerlei Spuren auf. Missmutig untersuchte Torben den letzten Papierkorb. Er ahnte schon im Voraus, dass er auch hier nicht fündig werden würde. Aber immerhin bestand ja noch die Hoffnung, dass einer der anderen etwas entdeckt hatte.
Torben machte sich auf den Rückweg. Ohne darüber nachzudenken, wählte er eine andere Strecke als für den Hinweg. Er wusste selbst nicht, warum. Vielleicht war es eine innere Ahnung, die ihn getrieben hatte? Zumindest fand Torben sich hinter den Chemielabors wieder, in unmittelbarer Nähe der Raucherecke. Und plötzlich entdeckte er Herrn Cordes!
Der Lehrer kniete auf dem Rasen vor einem Strauch und goss eine Flüssigkeit aus einer kleinen Flasche in den Boden.

Torben näherte sich leise von hinten. Er war nur noch vier, fünf Schritte entfernt. Herr Cordes bemerkte ihn offenbar nicht. Doch Torben achtete nicht darauf, wohin er trat. Ein kleiner Zweig knackte unter seinen Füßen.

Erschrocken schrie der Lehrer auf und fuhr herum. Als er Torben entdeckte, entspannte er sich sofort wieder.
»Mensch, Junge, das kannst du mit einem alten Mann doch nicht machen!«, ächzte er. »Was hast du überhaupt hier zu suchen?«
Ganz schön clever, dachte Torben. Der dreht den Spieß einfach um. Aber nicht mit mir!
»Ich suche den Brandstifter«, gab er unumwunden zu. Gespannt sah er dem Lehrer ins Gesicht.
Doch der verzog keine Miene.
»Und was machen Sie hier?«, fragte Torben noch direkter.
»Ich? Wieso? Nichts«, entgegnete Herr Cordes.
»Das stimmt nicht«, behauptete Torben. »Sie sind der Brandstifter! Ich habe Sie gerade dabei gesehen, wie Sie eine Flüssigkeit an den Strauch gekippt haben. Bestimmt irgendeine Chemikalie. Es dauert jetzt noch ein bisschen, dann macht es Puff und dann brennt es. Genau wie bei dem Strauch in der Raucherecke!«
Bei dem Wort ›Puff‹, lächelte der Lehrer. »Jungchen, du hast eine blühende Phantasie«, sagte er. »Es gibt keinen Brandstifter.«
»Doch«, beharrte Torben, »und Sie sind es. Was verstecken Sie denn da hinter dem Rücken?«
»Das hier?« Herr Cordes lachte, holte seine Hand hervor und zeigte eine kleine Flasche. »Das ist Düngemittel, von mir selbst erfunden. Ich habe es bereits an dem Strauch in der Raucherecke ausprobiert, der leider abgebrannt ist,

bevor ich meine Untersuchungen abgeschlossen hatte. Jetzt fange ich mit diesem von vorne an.«
»Düngemittel?«, stammelte Torben. Am liebsten wäre er im Erdboden versunken. »Entschuldigung«, sagte er leise.
»Ist ja nichts passiert«, meinte Herr Cordes. »Ich schlage vor, wir vergessen die ganze Angelegenheit, ja? Und nun ab mit dir, es läutet gleich.«
»Ja . . . vergessen . . .«, stotterte Torben. »Ich . . . ich geh dann mal.« Unsicher schob er sich an dem Chemielehrer vorbei. »Entschuldigung!«, rief er noch einmal und verschwand so schnell er konnte.
Hinter der Raucherecke lehnte er sich gegen die Wand und schlug die Hände vors Gesicht. Hilfe!, dachte Torben. War das ein peinlicher Auftritt! Hoffentlich erfahren die anderen nichts davon.
Nur mühsam löste er sich von der Halt bietenden Mauer und schlich über den Schulhof zum Büro der Schülerzeitung.
Saskia und Nana waren bereits zurück.
»Habt ihr etwas entdeckt?«, fragte Torben, um sich abzulenken.
»Nichts«, sagte Nana. Auch Saskia schüttelte den Kopf.
Als Nächster traf Stummel ein. »Bei mir war alles in Ordnung«, sagte er sofort.
»Also, warten wir auf Nevin«, sagte Torben und versuchte Geduld zu bewahren.
Die Fotografin erschien genau mit dem Läuten. »Du hattest Recht!«, rief sie freudestrahlend schon von draußen

durch das geöffnete Fenster. »Auf dem Lehrerparkplatz hat es gebrannt. Jemand hat versucht, die Spuren wegzuwischen, aber es waren noch deutliche Reste zu sehen. Ich habe Fotos davon gemacht.«

»Gut!«, sagte Torben, doch seine Freude hielt sich in Grenzen.

»Hmm«, machte Nana nachdenklich. »Okay, wir wissen also, dass es gestern Nachmittag wieder gebrannt hat. Wir wissen, wo es gebrannt hat. Und wir wissen, dass die Lehrer das verheimlichen wollen. Und was bringt uns das? Ich meine, was fangen wir damit an?«

»Keine Ahnung«, gab Torben zu. »Aber wir müssen jetzt sowieso in den Unterricht, da haben wir zwei Stunden Zeit darüber nachzudenken.« Und über manches andere, sagte er zu sich selbst.

In der zweiten großen Pause nahm Nana die Diskussion sofort als alle im Büro eingetrudelt waren wieder auf. »Wir wissen sogar noch mehr. Es ist ziemlich sicher, dass es gestern Nachmittag gebrannt hat. Damit kann Herr Cordes nicht der Brandstifter sein. Der hat ein Alibi.«

»Ja, aber ob er das angeben würde?«, zweifelte Saskia. »Wenn er wirklich ein heimliches Verhältnis mit Frau Hartwig hat, wird er das doch nicht öffentlich bekannt geben.«

»Das mit dem Verhältnis ist nicht bewiesen«, stellte Torben sofort richtig. Endlich hatte er die Gelegenheit, sein schlechtes Gewissen zu beruhigen und etwas für den Lehrer zu tun, auch wenn Herr Cordes davon nichts erfahren würde. »Er kann sich ja wirklich mit ihr zum Arbeiten getroffen haben. Vielleicht sind die beiden auch einfach nur befreundet.«

»Er hat ihr Blumen mitgebracht!«, erinnerte Saskia.

»Trotzdem«, sagte Torben. »Außerdem geht das niemanden etwas an.«

»Ich finde es spannend«, kicherte Nevin.

»Ich auch«, sagte Nana. »Außerdem wäre es gut etwas gegen die dumme Nuss in der Hand zu haben. Für den Fall, dass sie weiterhin versucht die Leitung der Redaktion zu übernehmen.«

»Du spinnst wohl!«, rief Stummel empört. »Das ist Erpressung!«

Auch Saskia sah Nana entgeistert an. Sie war wie Stummel Opfer eines Erpressers gewesen und erinnerte sich nur mit Grausen an die Zeit zurück. Nanas Idee fand sie überhaupt nicht komisch.

Auch Torben und Nevin waren sich einig, dass es nicht in Frage kam die Lehrerin zu erpressen. »Die werden wir auch anders los«, meinte Nevin überzeugt.

»Okay«, lenkte Nana ein, »es war ja auch nicht ernst gemeint.« Um keine peinliche Pause entstehen zu lassen, knüpfte sie an das vorige Thema wieder an. »Was machen wir jetzt mit unserem Wissen?«, wiederholte sie ihre Frage von vor zwei Stunden.

»Nichts«, sagte Torben zur Überraschung aller. »Ich habe darüber nachgedacht. Die Lehrer wollen offenbar nicht, dass wir von dem Brand wissen. Also macht es auch keinen Sinn, sie deswegen zu befragen. Wir haben zwar einen Verdacht . . .«

»Alexandra«, warf Stummel ein.

»Genau«, bestätigte Torben. »Aber wir haben keine stichhaltigen Beweise.«

»Unternehmen wir denn gar nichts?«, fragte Nevin enttäuscht.

»Doch, wir werden Alexandra weiter beobachten«, schlug Torben vor.

»Oh nein!«, stöhnte Stummel. Bis auf das aufregende Ende war der gestrige Nachmittag ziemlich langweilig gewesen.

»Keine Panik«, sagte Torben sofort. »Nur hier in der Schule. Wenn sie wirklich die Brandstifterin ist, werden wir das herausfinden.«

»Und was machen wir in der Zwischenzeit?«, überlegte Saskia.

»Unsere Zeitung. Wenn mich nicht alles täuscht, haben wir noch ein kleines Finanzproblem«, sagte Torben und brachte die anderen damit auf den Boden der Tatsachen zurück.

Sofort brach eine lautstarke Diskussion los. Nana und Nevin waren eindeutig gegen Anzeigen, Stummel und Torben stritten dafür. Niemand verstand mehr sein eigenes Wort.

»Ruhe!«, rief Saskia dazwischen. Sie zeigte auf die Uhr. »Die Pause ist gleich vorbei. Außerdem bringt es nichts, wenn wir uns gegenseitig nur anschreien. Was haltet ihr davon, wenn wir heute Nachmittag Peter besuchen? Der ist doch wieder da. Vielleicht kann er uns einen Tipp geben, auch was wir mit Alexandras Beilage machen können.«

Saskias Vorschlag wurde einstimmig angenommen. Die fünf Schülerzeitungsredakteure verabredeten sich für den Nachmittag bei Peter Breitkreuz in der Redaktion der Hamburger Stadtillustrierten.

Siebtes Kapitel

Das ist ja eine Überraschung!«, rief Peter erfreut, als Torben, Saskia und die anderen im 14. Stock des Verlagsgebäudes aus dem Aufzug traten. Er war braun gebrannt und sah erholt aus, obwohl er die zwei Wochen in Kuba hart gearbeitet hatte.

Er führte die fünf durch die Redaktionsräume in sein Büro. Unterwegs zog er für jeden ein Getränk aus dem Automaten und begann in bunt schillernden Farben von Kuba zu erzählen.

Fasziniert hörten die Schülerzeitungsreporter zu, bis Peter sich selbst unterbrach. ». . . aber ihr seid ja bestimmt nicht gekommen, um meinen Abenteuern zuzuhören.«

»Doch«, bettelte Saskia, »erzähl weiter.«

»Ein anderes Mal«, meinte Peter, »wenn die Fotos entwickelt sind. Ich habe mindestens zwanzig Filme verschossen.«

»Okay«, sagte Saskia, »wir nehmen dich beim Wort.«

»Versprochen ist versprochen. Und nun sagt schon: Wo brennt es? Ihr kommt mich doch nicht nur so besuchen, oder?«, vermutete der Redakteur.

Verblüfft sahen die fünf sich an und brachen in schallendes Gelächter aus. Peter reagierte verwirrt. Er konnte ja nicht ahnen, dass er mit der Floskel »Wo brennt es?« voll ins Schwarze getroffen hatte. Als Nana jedoch von den beiden Bränden in der Schule berichtete, musste auch er lachen. Zumindest im ersten Moment.

»Es ist schon merkwürdig, oder?«, meinte der Redakteur dann. »Wir amüsieren uns, obwohl so ein Feuerleger ja eigentlich nicht besonders komisch ist. Aber wie ich euch kenne, habt ihr bereits herausgefunden, wer der Brandstifter ist«, vermutete er. »Habe ich Recht?«

»Wir haben einen Verdacht«, bestätigte Torben.

Abwechselnd erzählten die fünf Reporter jetzt die ganze Geschichte, allerdings in umgekehrter Reihenfolge. Von Alexandra, der vermeintlichen Brandstifterin, schlugen sie einen Bogen zu der Schulsprecherkandidatin, die eine Beilage in der Schülerzeitung gebucht hatte, und kamen am Ende zu den eigentlichen Punkten: die Finanzkrise und die damit verbundene Diskussion um die Werbung.

»Ich verstehe«, nickte Peter. »Da habt ihr ja ein dickes Problem.«

»Wieso?«, fragte Stummel. Er fühlte sich von Nanas ablehnender Haltung immer noch persönlich auf den Schlips getreten. Immerhin war er es gewesen, der das erste Geld für den »Blitz« eingenommen hatte. Auch wenn die Begleitumstände dabei nicht mehr ganz so toll aussahen, fand er Werbung nach wie vor in Ordnung. »Wo ist denn da ein Problem? In jeder Zeitung stehen doch Anzeigen.«

»Das stimmt«, gab Nana zu. »Aber – dürfen Schülerzeitungen überhaupt Anzeigen veröffentlichen?«

»Das ist eine gute Frage«, mischte Saskia sich ein.

»Gute Frage? So ein Quatsch!«, ereiferte sich Stummel. »Wer sollte denn etwas dagegen haben?«
»Die Schulbehörde, zum Beispiel«, meinte Nevin.
»Ausgerechnet die«, lachte Peter bitter. »Wusstet ihr, dass die Politiker bereits darüber diskutieren, ob sie Werbung in Klassenräumen erlauben sollen?!«
»Was?! Da hört sich ja wohl alles auf!«, schimpfte Nevin. »Wie soll das denn funktionieren?«
»Ach, das ist doch ganz einfach«, schlug Nana vor: »Die Lehrer stellen sich vor der Stunde an der Tafel auf und verkünden: Den nun folgenden Matheunterricht bekommt ihr mit freundlicher Unterstützung von McDonald's.«
Ihre Idee schlug wie eine Bombe ein. Die anderen fünf konnten sich kaum noch einkriegen vor Lachen. Stummel wälzte sich sogar am Boden und hielt sich den Bauch.
Als sie sich wieder beruhigt hatten, sah Nevin Peter skeptisch an. »Das hast du dir doch ausgedacht, oder?«
»Keinesfalls. Mit den Einnahmen sollen Schulmittel gekauft werden, Bücher und so«, sagte Peter. »Die Politiker denken tatsächlich darüber nach.«
»Ich halte das für absoluten Schwachsinn«, machte Nana deutlich.
»Warum?«, fragte Torben interessiert. »Hast du was gegen Werbung?«
»Ja . . . nein . . . – ich weiß nicht«, stotterte Nana. »Auf alle Fälle habe ich ein komisches Gefühl dabei.«
»Was meinst du denn, Peter?«, fragte Torben. »Was würdest du uns raten?«

»Uff, das ist schwer«, stöhnte der Redakteur, ließ sich in seinem Stuhl zurücksinken und dachte nach. »Ich finde, prinzipiell ist gegen Werbung nichts einzuwenden. Sie ist sogar notwendig, denn vom Verkauf allein könnte keine Zeitung überleben! Aber ich kann auch Nana verstehen. Wenn ihr den ›Blitz‹ über Anzeigen finanziert, besteht die Gefahr, dass ihr euch von den Werbekunden abhängig macht.«

»Stimmt«, meinte Saskia. »Darüber haben wir noch gar nicht nachgedacht.«

»Die Gefahr ist nicht besonders groß«, schwächte Peter ab. »Aber es kann schon passieren, dass einem Kunden eure Artikel nicht gefallen und er den Anzeigenauftrag kündigt. Deswegen sind bei den meisten Zeitungen die Anzeigenabteilung und die Redaktion voneinander getrennt.«

»Ist das bei der Stadtillustrierten schon mal passiert, dass ein Anzeigenkunde wegen eines Artikels den Auftrag gekündigt hat?«, wollte Torben wissen.

»Ja, schon öfter«, sagte Peter. »Aber die Erfahrung zeigt, dass dann meistens ein oder mehrere neue Kunden kommen, weil sie genau denselben Artikel sehr gut fanden. Man muss eben immer aufpassen, wenn ein Anzeigenkunde groß und wichtig wird, dass er keinen Einfluss auf die Redaktion bekommt.«

»Eigentlich passiert uns das gerade mit Alexandra«, meldete Nana sich zu Wort. »Sie macht Werbung für ihre Schulsprecherkandidatur und fordert dafür von uns, dass wir sie auf die Titelseite nehmen.«

»Da habt ihr einen großen Fehler gemacht«, urteilte Peter.

»Und wie können wir das wieder gutmachen?«, fragte Stummel. »Sollen wir den Auftrag zurückgeben?«
»Das könnt ihr natürlich machen«, sagte Peter. »Aber erstens wäre das ziemlich peinlich, zweitens könnt ihr das Geld gut gebrauchen, wenn ich euch richtig verstanden habe, und drittens wäre das kein besonders guter Einstieg, wenn ihr ernsthaft darüber nachdenkt, eure Zeitung künftig über Anzeigen zu finanzieren. So etwas spricht sich nämlich schnell herum.«
»Oje«, stöhnte Stummel. Er begriff erst jetzt, in welchen Schlamassel er die Redaktion mit seiner unüberlegten Unterschrift unter den Vertrag gebracht hatte.
Auch die anderen vier Reporter sahen niedergeschlagen aus. Das alles klang doch ziemlich ausweglos.
»Und was sollen wir jetzt machen?«, fragte Torben.
»Eigentlich solltet ihr das selbst herausfinden«, meinte Peter. »Aber gut, wenn ihr meinen Rat wollt: An eurer Stelle würde ich die Beilage drinnen lassen. Ihr könnt auch Alexandras Wahlprogramm in Form eines Artikels auf der Titelseite abdrucken.«
»Na toll. So weit waren wir auch schon.« Torben verzog sein Gesicht und zeigte deutlich, was er von Peters Vorschlag hielt.
»Moment, ich war ja noch nicht fertig. Was haltet ihr denn davon, wenn ihr die ganze Titelseite dem Thema ›Schulsprecherwahl‹ widmet? Ihr stellt nicht nur Alexandra vor, sondern alle Kandidaten. Schreibt einen Artikel über den Sinn und die Geschichte von Schulsprecherwahlen. Seit

wann gibt es sie? Warum? Was sind die Aufgaben eines Schulsprechers? Und so weiter, und so weiter. Das ist zum einen ein gutes Thema und andererseits erfüllt ihr den Vertrag mit Alexandra.«

Die Schülerzeitungsreporter waren hellhörig geworden. Das war die Idee!

»Super!«, rief Torben. Seine Augen strahlten und es war ihm anzusehen, wie es in ihm arbeitete. In seinem Kopf bastelte er bereits Artikel zu dem Thema zusammen.

Alle waren erleichtert. Immerhin ein Problem war gelöst.

»Und was machen wir jetzt mit dem Thema ›Anzeigen‹?«, fragte Saskia.

»Halt, stopp!«, sagte Peter. Er warf einen Blick auf die Uhr. »Ich habe keine Zeit mehr. Gleich ist Redaktionssitzung. Außerdem habe ich euch für heute genug geholfen. Ob ihr Anzeigen wollt oder nicht, das müsst ihr schon selbst entscheiden.«

»Okay, dann gehen wir eben rüber in die Eisdiele und beratschlagen dort weiter.« Saskia kramte den 20-Mark-Schein heraus, den sie für besondere Notfälle immer im Brustbeutel bei sich hatte. »Ich lade euch ein.«

Die Schülerzeitungsreporter verabschiedeten sich von Peter.

»Und nicht vergessen«, mahnte Saskia, »wenn die Fotos fertig sind, musst du weiter von deiner Reise nach Kuba erzählen.«

»Na klar«, lachte Peter und wiederholte: »Versprochen ist versprochen.«

Achtes Kapitel

Am nächsten Tag trafen sich die fünf Schülerzeitungsreporter in der ersten großen Pause in ihrem Büro. Torben verteilte das Protokoll, das er am gestrigen Abend auf die Schnelle geschrieben hatte, nachdem sie noch über eine Stunde in der Eisdiele lautstark diskutiert und Pläne geschmiedet hatten. So laut, dass sie fast aus dem Café geflogen wären. Doch dann hatten sie sich wieder beruhigt und einstimmig den Beschluss gefasst, die finanzielle Zukunft der Schülerzeitung über Anzeigen zu sichern. Trotz aller Zweifel, die Nana und Nevin immer noch hatten. Außerdem hatten sie Peters Vorschlag übernommen und die Schulsprecherwahl als Hauptthema für die nächste Ausgabe festgelegt. Ganz zum Schluss waren die Aufgaben verteilt worden: Torben und Stummel sollten versuchen, Anzeigenkunden für den »Blitz« zu werben, während Nana und Saskia sich bereit erklärten, die Interviews mit den Kandidaten zu führen und auch sonst alles Wichtige zu dem Thema zu recherchieren. Nevin war wie immer für die Fotos zuständig und sollte Alexandra im Auge behalten.

»Da haben wir uns ja eine Menge aufgeladen«, stöhnte Stummel, nachdem er das Protokoll überflogen hatte.

»Wir wollen ja auch eine Menge erreichen«, sagte Torben. »Was meinst du, wollen wir sofort losgehen?«

»Was, jetzt? In der Pause?«, fragte Stummel.

»Warum nicht?«, sagte Torben. »Ich schlage vor, dass wir es als Erstes bei dem Bäcker gegenüber versuchen. Der verdient so viel an uns Schülern, da kann er auch einmal eine Anzeige bei uns aufgeben.«

»Hmm«, machte Stummel nachdenklich. »Weißt du überhaupt, wie das geht?«

»Nein«, erklärte Torben freimütig, »aber das werden wir schon rauskriegen. Wir gehen einfach in den Laden und sagen, was wir wollen. So schwer kann das doch nicht sein.«

»Wenn du meinst ...«, sagte Stummel unsicher. Er war etwas ängstlich, wie immer, wenn er etwas machen sollte, was neu für ihn war. Die Angst hielt allerdings nicht lange an und hinterher fragte Stummel sich jedes Mal, wovor er sich eigentlich gefürchtet hatte. Trotzdem konnte er nichts dagegen tun. Alles, was neu war, schien ihn aus irgendwelchen Gründen zu bedrohen. Auch jetzt, bei dem Gedanken daran, fremde Menschen wegen einer Anzeige im »Blitz« anzusprechen, war ihm nicht besonders wohl zu Mute.

»Ja, ich meine«, sagte Torben entschieden. Er kannte Stummel gut genug und wusste, was in ihm vorging. »Je eher wir losgehen, desto früher hast du es hinter dir.«

»Na gut«, gab Stummel seufzend nach.

»He, wartet mal!« Saskia nahm einen kleinen Stapel der letzten Ausgabe der Schülerzeitung aus dem Regal und drückte ihn Torben in die Hand. »Nehmt die mit zum Vor-

zeigen«, schlug sie vor. »Damit die Leute sehen, worin sie werben sollen.«
»Gute Idee«, meinte Torben und klemmte sich die Zeitungen unter den Arm.
»Na dann: Viel Glück«, wünschte Nevin.
»Das wird schon klappen«, sagte Torben zuversichtlich. »Passt auf, wenn wir wiederkommen, haben wir die ersten hundert Mark verdient.« Lachend machte er sich mit Stummel auf den Weg zum Bäcker.
»Und was tun wir?«, fragte Nana.
»Wir besorgen uns im Sekretariat die Namen aller Kandidaten für die Schulsprecherwahl«, schlug Saskia vor. »Und dann machen wir Termine mit ihnen für die Interviews.«
»Und ich sehe mich nach Alexandra um«, verkündete Nevin. Gemeinsam mit den beiden anderen Reporterinnen verließ sie das Büro.
»Bis nachher«, verabschiedete sich Nevin und verschwand in dem Gewimmel auf dem Schulhof.
Nana und Saskia gingen zum Sekretariat. Tatsächlich gab es dort eine Liste mit allen Kandidaten. Neben Alexandra bewarben sich noch ein Junge namens Christoph aus der 10 c und eine ganze Kandidatengruppe, die aus drei Mädchen und vier Jungen bestand, die allesamt in die achte Klasse gingen. Ihr Spitzenkandidat hieß Mehmet.
Mit der Liste in der Hand kehrten die beiden Mädchen zum Pausenhof zurück. Kopfschüttelnd betrachtete Nana

das Gewühl. Mehr als achthundert Jungen und Mädchen besuchten die Michael-Ende-Schule und alle hielten sich während der Pause auf dem Schulhof auf. Obwohl zu der Liste auch die Fotos der Kandidaten gehörten, war es so gut wie unmöglich, in dieser Menge jemanden zu finden, den man nicht kannte.

»Ich habe eine Idee«, sagte Saskia. »Warte hier.« Kurzerhand drehte sie sich um, ging den Weg zurück, den sie gerade gekommen war, und suchte auf dem Stundenplan, der vor dem Sekretariat hing, die Klassenräume, in denen Christoph und Mehmet in der nächsten Stunde Unterricht hatten.

Es klappte. Nana und Saskia trafen beide Kandidaten kurz nach der Pause. Christoph und Mehmet freuten sich, dass die Schülerzeitung die Schulsprecherwahl zum Topthema machen wollte, und beide hatten Lust zu einem Interview. Mehmet plapperte sofort munter drauflos und erklärte, warum es sinnvoller war eine ganze Gruppe von Schülern zu wählen als eine Einzelperson.

Nur mit Mühe und Not schafften es Nana und Saskia, ihn kurzfristig zum Schweigen zu bringen und auf den Interviewtermin zu vertrösten. Zufrieden mit sich und dem Ergebnis, gingen sie in ihre Klassenräume.

Nicht ganz so zufrieden durchschritten Torben und Stummel im selben Moment den Schuleingang. Genauer gesagt: Die beiden waren ziemlich gefrustet! Geknickt schlichen sie über den Schulhof. Ohne ein Wort zu sagen, verabschiedeten sie sich voneinander.

Zwei Unterrichtsstunden später, in der zweiten großen Pause, erzählten Nana und Saskia fröhlich, dass sie mit beiden Kandidaten Termine für ein Interview gemacht hatten.
Nevin berichtete gut gelaunt, dass Alexandra die ganze erste Pause lang allein mit einem Buch auf einer Bank gesessen hatte. Sie schien nicht im Entferntesten daran zu denken, irgendetwas anzünden zu wollen.
»Und wie war es bei euch?«, fragte Nana.
Torben und Stummel sahen sich an und verzogen ihre Gesichter. Der Frust saß immer noch tief.
»Nun erzählt schon«, forderte Nevin sie auf. »So wie ihr ausseht, muss ja etwas ganz Furchtbares passiert sein.«
»Stimmt.« Torben holte tief Luft – und stieß sie seufzend wieder aus. »Wir haben uns beide zu Trotteln gemacht«, gestand er. »Zu richtigen Deppen.«
Nana, Saskia und Nevin warteten gespannt auf die Geschichte, die die beiden Jungs erlebt hatten. Aber sie sagten kein Wort, drängelten nicht – und das war genau richtig.
Torben sammelte sich, betrachtete eingehend seine Fingernägel und begann endlich mit leiser Stimme zu berichten, wie sie zwei Stunden zuvor noch in bester Laune die Bäckerei betreten hatten.
Der Laden war fast leer gewesen. Bis auf eine Kundin, die aber bereits bezahlte. Die Verkäuferin fragte, was sie wollten, und Torben erklärte, weshalb sie gekommen waren. Lang und breit, mindestens fünf Minuten redete er. Die

Verkäuferin hörte sich alles geduldig bis zum Schluss an, meinte dann erst, dass sie dazu gar nichts sagen könnte, weil so etwas nur der Chef entscheiden würde, und ging nach hinten, um ihn zu holen. Der Bäckermeister ließ die beiden Reporter ein paar Minuten warten, bevor er mit mürrischem Gesicht und mehlweißen Händen aus der Backstube kam.

»Das war vielleicht ein Mistkerl«, schimpfte Stummel. »Wie der schon ankam: ›Jungs, worum geht's? Macht schnell, ich habe keine Zeit‹ – das war das Erste, was er sagte.«

»Stimmt«, bestätigte Torben. »Der hat uns so überrumpelt, dass ich gar nicht wusste, was ich sagen sollte. Ich habe ihm einfach eine Zeitung gegeben und gefragt, ob er nicht bei uns annoncieren möchte.«

»Ja, und dann?«, fragte Nana.

»Dann wurde es peinlich«, murmelte Stummel. »Der Mann fing an, Fragen zu stellen. Was eine Anzeige kostet, wollte er wissen.«

»Erst in dem Moment fiel mir ein, dass wir darüber gar nicht nachgedacht hatten«, fuhr Torben fort. »Ich habe einfach gesagt: hundert Mark.«

»Dann ging es erst richtig los«, berichtete Stummel. »Ob mit Mehrwertsteuer oder ohne, auf welche Größe sich der Preis bezieht, was für eine Vorlage wir bräuchten . . . eine Frage nach der anderen hat er gestellt.«

«Und keine einzige konnten wir beantworten. Wir standen wie die Idioten da. Und plötzlich fing der Typ auch noch an zu lachen. Echt. Er stand da und lachte uns einfach aus.« Torben schüttelte entsetzt den Kopf. Die ganze Szene lief wie ein Film vor seinen Augen noch einmal ab, während Stummel die Geschichte weitererzählte.

Von einem Moment auf den anderen war der Bäckermeister wieder ernst geworden. »Jungs«, hatte er gesagt, »macht erst einmal eure Hausaufgaben, bevor ihr anderen Leuten die Zeit klaut. Wenn ihr wisst, was ihr wollt, könnt ihr wiederkommen.« Er hatte sorgsam die Zeitung zusammengefaltet und sie Stummel in die Hände gedrückt. »Nein«, hatte er dann gesagt, »kommt besser doch nicht wieder. Ich kann mir nämlich absolut keinen Grund vorstellen, warum ich euch mein schwer verdientes Geld geben sollte. Und nun verlasst bitte meinen Laden. Es sei denn, ihr wollt etwas kaufen.« Mit diesen Worten war er wieder in der Backstube verschwunden.

»Wir standen da wie festgeklebt«, beendete Stummel seinen Bericht. »Wie Trottel. Wie festgeklebte Trottel!«

Torben versuchte die trüben Gedanken zu vertreiben. Vergeblich.

»Irgendwie sind wir dann doch aus dem Laden gekommen«, sagte er. »Zuerst waren wir stinksauer. Aber dann kam auch noch die Verkäuferin hinterher und wollte jedem von uns eine Rosinenschnecke schenken. Weil wir so traurig aussahen!«

Der Auftritt der Verkäuferin hatte der Demütigung durch den Bäckermeister erst die Krone aufgesetzt. Torben und Stummel ließen die Köpfe hängen.

Für eine Weile herrschte Schweigen in dem Schülerzeitungsbüro. Bis Saskia sich räusperte. »Ich finde ja auch, dass der Typ sich wie ein Armleuchter verhalten hat«, sagte sie vorsichtig, »und ich kann verstehen, dass ihr beiden enttäuscht seid ...«

»Ja?«, unterbrach Nevin, »ich nicht.«

»Ach, Mann, das ist doch ganz einfach«, erklärte Torben aufgebracht. »Ich hatte gedacht, wir gehen los und kommen mit einer Anzeige und hundert Mark wieder.«

»Tut mir Leid«, sagte Nevin mit einer gewissen Kühle, »aber dann bist du ganz schön naiv.«

»Ach ja?!«, brauste Torben auf. Seine Augen blitzten wütend.

»Halt!«, rief Nana dazwischen. »Beruhigt euch wieder. Nevin hat Recht. Aber ich finde, wir waren alle ziemlich blauäugig. Oder hat sich irgendeiner vorher darüber Gedanken gemacht, was man alles wissen muss, um Anzeigen zu verkaufen?«

Saskia verneinte.

»Ich auch nicht«, gab Nevin zu und entschuldigte sich bei Torben.

»Halb so wild«, sagte der. »Was mich allerdings interessiert ...«

Torben kam nicht mehr dazu, den Satz zu Ende zu sprechen. Plötzlich, wie aus dem Nichts, schneite Frau Hartwig herein.

»Wieso klopft die eigentlich nie?«, sagte Nana genervt zu Saskia.

Die Lehrerin tat so, als hätte sie nichts gehört. Betont fröhlich zog sie einen Stuhl heran und setzte sich zu den Schülerzeitungsreportern an den notdürftig reparierten Tisch.
»Herrje, der wackelt aber«, sagte Frau Hartwig prompt. »Na, da werde ich aber gleich mit Herrn Brandt sprechen, damit er euch noch heute einen neuen Tisch bringt.«
»Wir wollen keinen anderen«, giftete Nana.
»Aber Kindchen«, rief die Lehrerin, »an so einem Tisch kann man doch nicht richtig arbeiten.«
Wieder klang es in Nanas Ohren so, als würde Frau Hartwig sie für total bescheuert halten.
Die Lehrerin hatte mittlerweile das Protokoll entdeckt und las es, ohne auch nur daran zu denken, vorher um Erlaubnis zu fragen. Torben, Nana, Saskia, Stummel und Nevin saßen dabei und schauten sich hilflos an. Gegen diese Frau war einfach kein Kraut gewachsen.
»Kinder, was soll denn das sein?«, fragte sie entrüstet. »Die Schulsprecherwahl ist doch kein Thema für eine Schülerzeitung. Überhaupt sind eure Artikel viel zu sachlich und informativ. So etwas will doch keiner lesen!« Sie knüllte das Protokoll zusammen. »Die Schüler brauchen Spaß und Abwechslung. In meiner vorigen Schule haben wir eine schöne, bunte Zeitung gemacht. Das könnt ihr bestimmt auch. Ihr müsst euch nur etwas mehr Mühe geben.«
»Ach ja?«, zischte Nana aggressiv.
»Aber Kindchen, du musst nicht enttäuscht sein«, versuchte Frau Hartwig zu trösten. »Man kann eben nicht alles von

vornherein. Viele Sachen muss man erst lernen. Und ich stehe euch gern mit Rat und Tat zur Seite.« Die Lehrerin stand auf, winkte freundlich in die Runde und verschwand aus dem Büro.

»Ich bringe sie um!«, schrie Nana mit Wut im Bauch. »Ich schwöre, irgendwann mach ich sie kalt!«

»Ganz ruhig«, sagte Stummel und strich Nana über den Rücken. »Sie ist ja weg.«

»Aber sie wird wiederkommen«, prophezeite Saskia. »Mir geht die dumme Pute mit ihrem kindischen Getue auch langsam auf die Nerven.«

»Mir auch«, sagte Torben. »Es wird Zeit, dass wir etwas gegen sie unternehmen.«

»Umbringen!«, schlug Nana vor. »Oder entführen und in einen kalten, feuchten, dunklen Keller einschließen. Oder . . .«

Das Läuten zur fünften Stunde unterbrach ihre blühende, mordlüsterne Phantasie.

»Treffen wir uns nachher noch mal?«, fragte Saskia. »Wir haben doch alle nach der nächsten Stunde Schluss, oder?«

»Ich habe sogar jetzt schon frei, die fünfte Stunde fällt aus«, sagte Torben. »Aber ich bleibe gern hier und warte.«

»Gut, dann bis nachher, du Glückspilz«, sagte Saskia und verließ zusammen mit den anderen das Büro.

Neuntes Kapitel

Torben nutzte die Freistunde. Er verließ das Schulgelände, ging zur Telefonzelle und rief Peter an. In kurzen Worten schilderte er den missglückten Versuch, den ersten Anzeigenkunden zu bekommen.

Der Redakteur der Hamburger Stadtillustrierten tröstete ihn. »Mach dir nichts draus. Das Anzeigengeschäft ist ziemlich hart. Ihr müsst dranbleiben, dann klappt es auch.«

»Das ist nicht das Hauptproblem«, sagte Torben.

»Sondern?«

»Der Typ hat Fragen gestellt, die ich nicht verstanden habe. Nach der Größe der Anzeige und irgendwelchen Druckvorlagen. Weißt du, was er damit gemeint hat?«

»Ja, klar. Aber das lässt sich auf die Schnelle nicht erklären«, antwortete Peter.

»Das ist schlecht«, sagte Torben. »Wir benötigen dringend Geld, sonst können wir die nächste Ausgabe nicht drucken!«

Es blieb still in der Leitung.

»He, Peter – bist du noch dran?«, fragte Torben nach einem Augenblick.

»Ja. Ich denke nach.«

Wieder entstand eine Pause. Nervös wickelte Torben das Kabel des Telefonhörers um seine Hand.

»Okay, zu Ende gedacht«, meldete Peter sich wieder zu Wort. »Hör zu, ich erkläre euch gern, wie das mit den Anzeigen funktioniert. Aber im Moment habe ich wenig Zeit. Deshalb mache ich euch einen Vorschlag: Ich leihe euch das Geld für die nächste Ausgabe. In zwei, drei Wochen werde ich wohl wieder mehr Zeit haben, dann bekommt ihr einen Crash-Kurs in Sachen Werbung. Einverstanden?«

»Ich weiß nicht«, zögerte Torben.

»Ihr könnt das Geld ruhig annehmen. So viel ist es ja nicht. Außerdem müsst ihr es mir zurückzahlen, wenn ihr genug über die Anzeigen einnehmt«, stellte der Journalist klar.

Torben fühlte sich immer noch nicht wohl bei dem Gedanken, von Peter Geld anzunehmen. Andererseits bot sich dadurch die Möglichkeit, die nächste Ausgabe herstellen zu können, ohne Gefahr zu laufen noch einmal so eine Pleite wie in dem Bäckerladen erleben zu müssen.

»Was ist, bist du mit meinem Vorschlag einverstanden?«, fragte Peter.

»Ja«, antwortete Torben. »Aber ich muss erst noch die anderen fragen.«

»Klar. Wenn die anderen zustimmen, habe ich noch eine Aufgabe für euch: Macht mal eine Marktanalyse.«

»Was ist das denn?«, fragte Torben.

»Besorgt euch Schülerzeitungen von anderen Schulen«, erklärte der Journalist. »Seht sie euch genau an. Zählt die Anzeigen in den Blättern. Stellt fest, was für Geschäfte dort werben. Ruft die Redaktionen an oder fahrt vorbei und fragt nach den Anzeigenpreisen. Erkundigt euch, wie die anderen Zeitungen ihre Anzeigen bekommen. Das ist wichtig zu wissen, wenn ihr etwas über Werbung lernen wollt. Wollt ihr das machen?«

»Ja«, sagte Torben etwas gequält. Er hatte den Telefonhörer zwischen Ohr und Schulter geklemmt und schrieb die Fragen auf, die Peter genannt hatte.

»Gut.« Peter klang befriedigt. »Und wie läuft es sonst so? Gibt es was Neues vom Brandstifter?«

»Nein«, sagte Torben. »Es hat Montag gebrannt und vorgestern. Vielleicht ist es ja einer, der alle zwei Tage zündelt. Dann müsste heute eigentlich noch etwas passieren.«

»Na, das wollen wir doch nicht hoffen«, lachte Peter. »Gut, ich muss wieder an die Arbeit. Ich melde mich bei euch. Tschüss, und grüße die anderen.«

Ein Klicken zeigte Torben, dass der Journalist aufgelegt hatte. Erleichtert ging er zurück zur Schule. Das Problem der Finanzierung der nächsten Ausgabe war erst einmal aus der Welt. Und wenn Peter ihnen wie versprochen das Anzeigengeschäft erklärte, würden sie auch das bald beherrschen.

Was würden wir bloß manchmal ohne Peter tun?, dachte Torben, als er den Schulhof überquerte. Eigentlich müssten wir dem Leghuhn dankbar sein, dass er ihn uns vorgestellt hat. Zufrieden zog er die Tür zu dem Gebäude auf, in dem das Schülerzeitungsbüro untergebracht war.

»Was bildet ihr euch eigentlich ein?!«, keifte ihn eine Stimme von der Seite an.

Torben machte erschrocken einen Satz rückwärts. Sein

Herz klopfte bis in den Hals, als er sich vorsichtig umsah. Im Halbdunkel vor der Jungentoilette lauerte Alexandra und starrte ihn wütend an.

Was für ein Tag, dachte Torben, während er die Tür zum Büro aufschloss. Die hat mir gerade noch gefehlt.

»He, ich hab dich was gefragt!«, schrie Alexandra ihm hinterher.

»Das war ja nicht zu überhören«, sagte Torben. »Komm rein, wenn du willst. Aber tu mir den Gefallen und hör auf rumzuschreien.«

»Ich schreie, solange es mir passt! Ich hab ja wohl auch allen Grund dazu!«

»Ich weiß nicht, was du meinst«, entgegnete Torben. Er gab sich redlich Mühe, ruhig zu bleiben. »Komm rein, setz dich«, bot er noch einmal an.

»Danke, ich steh lieber«, polterte Alexandra. Allerdings hatte sie sich etwas abgeregt. Sie kam ein paar Schritte näher und redete leiser. »Du weißt ganz genau, was ich meine. Wir haben einen Vertrag geschlossen und ihr habt ihn gebrochen.«

»Wovon sprichst du?«, fragte Torben ahnungslos. »Dein Wahlprogramm wird der nächsten Ausgabe beigelegt. Wie abgemacht.«

»Darum geht es nicht«, machte Alexandra deutlich. »Im Vertrag steht, dass die anderen Kandidaten in der gleichen Ausgabe nicht werben dürfen. Und dass mein Wahlprogramm in Form eines Artikels auf der Titelseite vorgestellt wird.«

»Ja, und? Das machen wir doch alles. Wo ist das Problem?«
»Das Problem ist, dass ich gehört habe, dass die anderen Kandidaten auch auf der Titelseite vorgestellt werden.« Alexandras Stimme wurde wieder eine Nuance lauter. »Das ist gegen die Abmachung. Ihr wollt mich betrügen.«
»Reiß dich bloß zusammen«, sagte Torben gefährlich leise. »Wenn hier jemand betrügen wollte, dann bist du das! Der Vertrag, den du Stummel untergejubelt hast, ist ziemlich mies. Trotzdem halten wir uns daran, Wort für Wort.«
»Aber es war nie die Rede davon, dass auch die anderen auf der Titelseite vorgestellt werden«, protestierte Alexandra. »Wofür habe ich denn fünfzig Mark bezahlt?!«
»Das Geld ist für die Beilage«, machte Torben deutlich. »Aber wenn du das nicht mehr willst – bitte, wir geben dir die fünfzig Mark gern zurück.«
Alexandra sah ihn überrascht an. Damit hatte sie nicht gerechnet. In ihr stieg die Wut wieder hoch. Trotzdem beherrschte sie sich. »Nein«, entschied sie kurz angebunden. »Die Beilage bleibt drinnen. Aber das ist das erste und letzte Geschäft, das ich mit eurer blöden Zeitung gemacht habe!« Sie fuhr herum und rauschte Türen knallend aus dem Büro.
»Worauf du dich verlassen kannst«, murmelte Torben, atmete tief durch und ließ sich wie ein angeschlagener Boxer in den Sessel unter dem Fenster fallen.
Es blieben ihm nur wenige Minuten, um sich zu erholen. Kurz nach dem Läuten erschienen die anderen vier Repor-

ter, stöhnten und ächzten übertrieben und beneideten Torben um die Freistunde und die Ruhe, die er bestimmt genossen hatte.

»Von wegen«, seufzte Torben und berichtete, was in der Zwischenzeit alles passiert war.

Die anderen freuten sich über Peters Angebot und waren begeistert darüber, wie Torben Alexandra hatte abblitzen lassen. Sie hatten gerade damit begonnen, andere Schulen in Eimsbüttel und Umgebung aufzulisten, von denen sie wussten, dass es dort ebenfalls eine Schülerzeitungsredaktion gab, als es plötzlich direkt vor ihrer Tür laut polterte und rumpelte.

»Oh nein, bitte nicht!«, flehte Torben und sackte entnervt zusammen.

»Weißt du, was da draußen los ist?«, fragte Stummel überrascht.

»Ich ahne es«, sagte Torben. »Das ist bestimmt . . .«

»Herr Brandt«, stöhnte Nana, nachdem die Tür aufgestoßen worden war und der Hausmeister in voller Lebensgröße im Türrahmen auftauchte.

»Mahlzeit«, grüßte er. »Ich habe hier einen neuen Tisch für euch. Eure Leiterin hat gesagt . . .«

»Frau Hartwig ist nicht unsere Leiterin!«, unterbrach Nana den Hausmeister scharf.

»Ach, wisst ihr, das ist mir egal«, sagte Herr Brandt gutmütig. »Ich soll einen neuen Tisch herbringen und einen kaputten wieder mitnehmen. Und genau das mache ich jetzt. Aber lasst euch nicht von mir stören.«

Er betrat das Büro und warf einen Blick auf das abgebrochene Bein. »Ach herrje!«, entfuhr es ihm. »Ich möchte ja nicht wissen, wie das passiert ist. Nein, das möchte ich überhaupt nicht wissen.«

»Ich halte das nicht mehr aus«, sagte Nana. Sie war immer noch verärgert über den Auftritt ihrer Englischlehrerin in der letzten großen Pause. Das Erscheinen des Hausmeisters, das offensichtlich Frau Hartwig organisiert hatte, brachte das Fass zum Überlaufen. »Ich muss hier raus«, rief sie, »sonst platze ich gleich!« Mit eiligen Schritten verließ sie das Büro, wäre vor der Tür beinahe gegen den neuen Tisch gelaufen und stürmte die Treppe hoch zur Mädchentoilette. Sie warf sich mit der Schulter gegen die Tür, um sie aufzustoßen. Im selben Moment öffnete sie jemand von innen. Nana stolperte in den Waschraum, prallte mit der Hüfte gegen ein Waschbecken und stürzte zu Boden. Für Sekunden wurde alles um sie herum dunkel.

»He, kannst du aufstehen?«, fragte eine Stimme.

Nana versuchte sich zu bewegen. Ein schmerzhafter Stich durchfuhr ihren ganzen Körper, die Tränen schossen ihr in die Augen. »Nein«, stöhnte sie.

»Du musst aufstehen!«, schrie die Stimme. »Wir müssen hier raus!«

Langsam, ganz vorsichtig drehte Nana ihren Kopf. Erstaunt registrierte sie, wer so besorgt um sie war: Alexandra!

»Wieso müssen wir raus?«, fragte Nana mühsam.

»Ja, riechst du denn nichts? Siehst du nicht die Flammen? Verdammt, es brennt!«

»Was?!« Mit schmerzverzerrtem Gesicht drehte Nana ihren Kopf zur anderen Seite. Tatsächlich! Es brannte! Hohe Flammen schlugen aus dem Papierkorb. Das Plastik schmorte und ließ giftigen, schwarzen Rauch aufsteigen. Panisch versuchte Nana auf die Beine zu kommen. Doch der Schmerz warf sie sofort wieder zu Boden. »Hilfe!«, stöhnte sie.
»Steh endlich auf! Wir müssen hier raus!« Alexandra packte Nana am Arm und versuchte sie hochzuziehen.
»Aah!«, schrie Nana mit schmerzverzerrtem Gesicht. »Lass mich los«, bat sie stöhnend. »Hol Hilfe. Herr Brandt, unten, im Büro.«
Alexandra reagierte sofort. Sie sprang auf und rannte aus der Toilette.
Nana blieb allein zurück. Voller Angst und Panik. Immer mehr Rauch füllte den kleinen Raum. Ein Hustenreiz quälte Nana und jeder Atemzug tat weh.
Verdammt, wo blieb Alexandra?! Wann kam endlich Hilfe?! Die Sekunden wurden zu Ewigkeiten.
Was, wenn die mich hier alleine lässt?, dachte Nana plötzlich. Natürlich kommt sie nicht zurück! Ich bin die einzige Zeugin!
Die Panik wuchs. Das Atmen wurde zur Qual. Hilfe, ich ersticke!, wollte Nana schreien. Doch kein Wort drang über ihre Lippen.
Endlich wurde die Tür aufgestoßen. Torben kam herein. Stummel. Saskia, Nevin, Alexandra. Und Herr Brandt. Alle waren gekommen, um sie zu retten. Endlich. Tränen der Erleichterung liefen über Nanas Gesicht.

Torben, Saskia und Herr Brandt hoben Nana an den Schultern und Beinen hoch, trugen sie vorsichtig aus dem Toilettenraum und legten sie in sicherer Entfernung wieder auf den Fußboden.
Der Hausmeister nahm den Feuerlöscher, den er vor der Tür abgestellt hatte, und ging allein zurück in die Mädchentoilette.
Die Schülerzeitungsreporter kümmerten sich um Nana. Nevin lief zum Sekretariat, um einen Krankenwagen und die Polizei zu rufen. Alexandra stand etwas abseits am Fenster und starrte entgeistert hinaus.
»Bist du jetzt zufrieden?!« Torben sprang auf, riss Alexandra herum, packte sie an den Schultern und schüttelte sie wie von Sinnen.
»Torben! Bist du verrückt?! Du tust ihr ja weh!« Saskia zog und zerrte an ihm.
»Sie hat es auch nicht anders verdient!«, schrie er. Trotzdem ließ er von Alexandra ab.
»Was soll das?«, fragte das Mädchen völlig entsetzt. »Was habe ich denn getan?«
»Tu bloß nicht so unschuldig«, brüllte Torben sie an. »Du hast doch das Feuer gelegt! Du bist die Brandstifterin!«
»Ich? Aber wieso?« Alexandra wusste nicht, wie ihr geschah. »Nein«, stammelte sie, »du irrst dich!«
»Red doch keinen Scheiß«, mischte sich jetzt auch Stummel ein. »Wir haben genug Beweise gegen dich. Du kannst es ruhig zugeben.«
»Beweise? Was denn für Beweise?«

»Willst du die wirklich hören?«, fragte Torben verächtlich. »Na gut. Erstens: Du bist gegen die Raucherecke. Das steht in deinem Wahlprogramm. Deine Idee, dort ein Feuer zu machen und die Schuld dafür den Rauchern zuzuschieben, ist zwar nicht schlecht, aber wir haben dich sofort durchschaut!«

»Aber . . .«

»Warte, ich bin noch nicht fertig! Zweitens: Wo warst du, als es das zweite Mal brannte?«

»Das zweite Mal?«, fragte Alexandra überrascht.

»Komm mir nicht auf die Tour«, drohte Torben. »Mich legst du nicht rein. Du weißt genau, von welchem Brand ich rede. Und für die Zeit hast du kein Alibi!«

»Ich habe keine Ahnung, wovon du redest!« Alexandra war leichenblass.

Torben ließ sich nicht beirren. »Drittens: Wozu brauchst du die Flasche mit Brennspiritus? Ja, da guckst du, was? Nana und Stummel waren nämlich bei dir zu Hause und haben die Flasche ganz genau gesehen. Und wenn das alles noch nicht reicht: Gerade eben hat Nana dich auf frischer Tat ertappt! Na, gibst du es endlich zu?«

»Nein!«, schrie Alexandra. »Das kann doch alles nicht wahr sein! Ich war es nicht! Ich bin kurz vor ihr erst in die Toilette gegangen, hab das Feuer entdeckt und wollte gleich wieder rausrennen, als sie hereinkam.« Sie schlug schluchzend die Hände vors Gesicht, Tränen traten in ihre Augen. »Warum glaubt ihr mir denn nicht?«

»Jetzt hör mal zu«, sagte Saskia ruhig, aber bestimmt. »Die

Polizei wird gleich hier sein. Uns kannst du belügen – die nicht. Du bist doch über vierzehn, oder?«
Alexandra nickte.
»Damit bist du strafmündig«, erklärte Saskia. »Es ist besser, wenn du die Taten gestehst, dann fällt die Strafe bestimmt nicht so hoch aus.«
»Aber ich war es doch nicht!«, schrie Alexandra, der Verzweiflung nahe.
»Soweit ich weiß, steht auf Brandstiftung Gefängnis«, sagte Saskia. »Also, überlege es dir.«
»Gefängnis?«, wiederholte Alexandra tonlos. »Aber ich habe doch gar nichts getan.«
»Bleib ruhig dabei«, sagte Torben mit eiskalter Stimme. »Dann wanderst du eben in den Knast. Mir soll es recht sein, nach dem, was du Nana angetan hast.«
»Lasst Lexi in Ruhe«, sagte plötzlich eine Stimme vom oberen Stockwerk.
Überrascht drehten sich alle außer Nana um.
Ann-Kathrin kam langsam die Treppe herunter. »Sie hat wirklich nichts getan«, sagte sie. »Ich war's. Ich habe die Feuer gelegt.«
»Du?!« Alexandra starrte ihre jüngere Schwester mit offenem Mund an. »Aber . . . warum?«
Unsicher hob Ann-Kathrin die Schultern. »Ich weiß nicht. Zuerst wollte ich dir helfen. Mama sagt doch, ich soll mir ein Beispiel an dir nehmen. Ich wollte auch mal was Tolles machen. Da habe ich das Feuer gemacht, ganz allein! Damit die blöden Raucher weggehen. Die kannst du doch

nicht leiden. Aber dann hat es Spaß gemacht. Das hat so schön gebrannt und die Flammen tanzten so lustig . . .«

»Aber Ann-Kathrin! He, Kleine!« Alexandra löste sich vom Fenster, ging auf ihre Schwester zu und nahm sie in den Arm. Ann-Kathrin steckte sich den Daumen in den Mund.

Torben, Saskia und Stummel sahen sich betreten an. Keiner wagte ein Wort zu sagen.

Im nächsten Augenblick fuhren kurz nacheinander der Krankenwagen, zwei Polizeiwagen und ein ganzer Löschzug der Feuerwehr mit eingeschalteten Sirenen und Blaulicht auf den Schulhof.

»Komm«, sagte Alexandra. Sie führte ihre Schwester die Treppe hinunter. Torben beobachtete durch das Fenster, wie die beiden direkt auf einen der Polizeiwagen zugingen. Alexandra sprach kurz mit einem der Polizeibeamten. Wenig später stiegen die beiden Mädchen in den Wagen, der sofort ohne Alarm davonfuhr.

»Oje«, sagte Torben.

»Was?«, fragte Stummel.

»Guck doch.« Torben deutete mit einem Kopfnicken aus dem Fenster.

»Oje«, sagte jetzt auch Stummel, »die Hartwig! Uns bleibt auch nichts erspart.«

Die Lehrerin hatte auf den Krankenwagen gewartet und kam jetzt in Begleitung des Notarztes die Treppen hinauf.

»Mein Gott, Nana, du Arme«, rief sie völlig aufgelöst.

Der Arzt untersuchte Nana, vermutete eine starke Prellung an der Hüfte und ordnete an, dass sie zum Röntgen und für

weitere Untersuchungen ins Krankenhaus gebracht werden sollte. Sie wurde vorsichtig auf eine Trage gelegt.
»Kind, wenn ich etwas für dich tun kann . . .«, sagte Frau Hartwig besorgt.
»Ja«, hauchte Nana, »ich hätte schon einen Wunsch.«
»Sag's, Kind, und wenn ich kann, werde ich ihn dir erfüllen.«
»Bitte«, flüsterte Nana, »lassen Sie uns in Ruhe. Wir wollen Ihre Hilfe nicht.« Sie sank erschöpft in das Kissen, schloss die Augen und ließ sich von zwei starken Männern zum Krankenwagen tragen.
»Hat sie das etwa ernst gemeint?«, fragte Frau Hartwig.
Die Schülerzeitungsreporter nickten. Dann liefen sie lachend die Treppen hinunter zum Krankenwagen, um Nana ins Krankenhaus zu begleiten.